승리의 함성을 다 같이 외쳐라

윤세호 지음

# 승리의
# 함성을
# 다 같이 외쳐라

암흑기에서 황금기로, ——— 핀스트라이프 전설의 시작

**CRETA**

**일러두기**

- 영어 및 역주, 기타 병기는 본문 안에 작은 글씨로 처리했습니다.

- 외래어 단어는 국립국어원의 표기법을 따랐습니다. 단 일부 굳어진 단어 및 야구 용어, 스포츠 용어는 일반적으로 사용하는 발음으로 표기했습니다.

- 본문의 WAR(대체선수대비 승리기여도)는 스탯티즈 기준입니다. 기록을 제공해주신 스탯티즈에 감사드립니다.

29년 만의 우승. 지난 세월 동안 LG는 수많은 변화를 겪었고 완벽한 '원 팀'을 이뤘다. 19년간 LG에서 뛰었던 한 명의 선수로서 그들의 정규 시즌 우승이 얼마나 값진 것인지 안다. 그리고 이 모든 것은 경기장을 가득 메운 팬들의 응원과 사랑 덕분이다.

누구보다 LG를 사랑했던 한 사람으로서 LG의 정규 시즌 우승과 더불어 《승리의 함성을 다 같이 외쳐라》의 출간을 축하드린다. 선수 시절 마주한 윤세호 기자는 야구를 사랑하는 만큼 냉철하게 LG를 분석하면서도 뜨겁게 응원하는 또 한 명의 팬이었다. 우리 선수들과 구단 관계자들, 감독님, 코치님 할 것 없이 끈질기게 괴롭혔던 기억이 있다. 그 덕분에 좋은 책이 출간

되면서 팬들에게 LG의 이야기를 전할 수 있었다.

　이 책은 오랜 염원을 이룬 LG와 그 옆을 든든히 응원해 주는 팬들의 모든 역사가 담겨 있다. 칠흑 같던 암흑기를 겪고 더 단단해지고, 신바람 야구로 황금기를 열기까지. 한 페이지 넘길 때마다 그날들의 추억이 떠오를 것이다.

　앞으로 남은 것은 한국시리즈다. 유광 점퍼 물결이 일렁이고 뜨거운 함성으로 가득 찰 잠실구장에서 염경엽 감독님과 코칭스태프, 모든 선수가 또 한 번 팬들에게 2023시즌 최고의 선물을 할 것을 기대한다. 그리고 그 순간들을 윤세호 기자가 경기장 밖 LG 팬들에게 전할 것이다.

LG 트윈스 영원한 33번

박용택

막연하지는 않았던 것 같다. 중고교 시절 누군가 내게 꿈을 물을 때마다 스포츠와 관련된 글을 쓰는 사람이 되고 싶다고 했다. 스포츠를 하는 것도 관전하는 것도 좋아했는데 스포츠 기사를 읽는 것 또한 좋아했다. 그래서 늘 스포츠 잡지와 신문을 끼고 살았다.

더 많이 알고 싶고 배우고 싶었다. 인터넷망이 깔리기 시작한 2000년대 초반부터 ESPN.com은 내게 매일 새로운 보물이 쌓이는 창고였다. 뉴욕에 있었던 2008년과 2009년 지역 일간지《데일리뉴스》아담 루빈 기자의 기사를 읽으며 가슴에 불이 붙었다. 2009년 5월 시티필드 프레스 박스에 앉아 있는 기자들을 우연히 보고 인생 목표를 정했다.

목표를 정하니 운이 따랐다. 대학 졸업에 맞춰 취업했고 야구장에서 일도 하게 됐다. 햇병아리 기자였던 2011년 한 선배의 "기자는 질문하는 사람이다. 감독이든 선수든 개의치 말고 질문하라"는 말을 철석같이 믿고 질문거리를 준비하곤 했다.

언젠가는 전국구 인기 구단 담당 기자가 되고 싶다고 생각했다. 그리고 정말 빠르게 기회가 찾아왔다. LG 트윈스 담당 기자가 됐고 매일 바라보는 뉴욕 메츠, 뉴욕 닉스 담당 기자들이 어떤 기사를 쓰는지, 팬이 원하는 기사, 유익한 기사가 무엇인지 참고했다.

기자가 되기 전 LG 트윈스 팬은 아니었다. 옆집 베어스 팬이었다. 늘 주위에는 정말 많은 LG 팬이 있었다. 1990년대 서울에서 학교를 다닌 남학생 대다수는 LG 팬이라고 해도 과언이 아니다. 친구부터 친척까지 LG 팬이 워낙 많아서 함께 야구장도 참 많이 갔다.

성적만 보면 LG는 1990년대 뉴욕의 양키스 같은 팀이었다. 2000년대 들어서는 뉴욕의 메츠 같았다. 2000년부터 메츠 팬이 된 내게 LG는 언젠가부터 친숙하게 다가왔다. 성적이 안 나와도 팬들의 열정은 진짜인 팀이었다. 암흑기에서 벗어난다면, 예전처럼 정상에 오른다면, LG 팬들은 어느 팀 팬보다 뜨거운 눈물을 흘릴 것이라는 확신이 들었다.

기자들 대부분이 그렇다. 일이 되면 팬심은 사라진다. 베어스를 향한 팬심도 오래가지 않았다. 2015년 11월 잠실구장에서 두산의 한국시리즈 우승을 눈앞에서 바라보고 기사를 썼다. 신기하게도 아무런 감정이 느껴지지 않았다. 한편으로 LG 트윈스의 우승을 바라본다면 어떤 감정일지 궁금했다. 그 궁금함을 해소하려고 오랜 시간을 지나온 게 아닌가 싶다.

야구 기자 13년 동안 많은 분과 함께 했고 큰 도움을 받았다. 초년생 때 질책과 조언, 그리고 용기를 주셨던 선배님들. 불철주야로 일하면서도 서로 격려했던《OSEN》시절 야구 기자들. 항상 믿어주시는《스포츠서울》국장, 부장님들. 상상도 못 한 방송 출연 기회를 주신 방송국 관계자분들께도 감사한 마음이 크다.

지금까지 현장에서 마주한 수많은 선수들과 지도자, 구단, KBO 관계자들께도 진심으로 감사드린다. 서로 날이 선 채 마주한 적도 있었지만 돌아보면 모든 게 추억이고 배움이 됐다. 난처한 질문, 민감한 질문을 던져도 받아준 이들 덕분에 이 책을 쓸 수 있었다.

머릿속으로 상상만 했던 일을 현실로 이루게 해주신 크레타 나영광 대표님, 제작에 힘써주신 김영미 과장님께 감사의 말을 전한다.

그리고 내 기사를 읽어주시는 LG 트윈스 팬들에게 감사드린다. 이 책이 팬들의 소중한 추억을 조금이라도 살려놓는다면, 팬들끼리 함께 웃고 울었던 순간들을 돌아보게 한다면, 정말 더할 나위 없는 일이 될 것이다.

2023년 가을

윤세호

# 차례

승리의 함성을

다 같이 외쳐라

# 끝이 보이지 않는 암흑기,
# 종착역으로 향하는 시작점에서

"윤 기자, 그 선수보다 형이에요?"

"예….."

몇 초가 몇 시간 같은 무거운 침묵이 지속되었다. 김기태 감독의 얼굴은 뻘겋게 타올랐고 좀처럼 말을 잇지 못했다. 침묵 끝에 그는 "앞으로 야구와 관련된 얘기만 물어보세요. 그것만 답해드릴게요"라고 무심한 표정을 흘리며 사라졌다.

그때는 몰랐다. 내가 10년이 넘게 LG 트윈스 담당 기자를 할지. 아니, 당장 한 해라도 버틸 수 있을지 장담할 수 없었다. "해 뜨기 전이 가장 어둡다"라는 말처럼 암흑기 마지막 시즌이었던 2012년 시작점은 참 어두웠다. 아직 한 시즌을 풀로 해보지 못한 초보 기자였던 내게도, 그리고 LG 트윈스(이하 LG)에도.

2012년 2월 14일 오전. 인천공항의 모습이 지금도 어제 일처럼 생생하다. LG 담당 기자로서 처음으로 일본 오키나와 스프링 캠프 출장에 나서는 길. 공항 편의점 신문 가판대. 한 일간지 1면에 이례적으로 야구 기사가 커다랗게 자리하고 있었다.

*'수도권 모 구단 투수 승부 조작 의심'*

기사가 놀랍지는 않았다. 당시 기자들은 물론, 구단 관계자, 그리고 야구에 관심이 많은 이들은 그 사건을 어느 정도 인지하고 있었다. 하지만 구단과 선수 모두 사실을 강력히 부인했다. 누구도 기사화하지 않고 있었는데 처음으로 일간지에 대문짝만하게 실렸다.

첫 풀시즌 LG 담당, 게다가 1인 1팀 담당 시작점이 너무나도 어두웠다. 야구 문제가 아닌 사회적 문제, 그것도 승부 조작과 불법 도박. 두 개의 검은 실이 얽히고설킨 대형 사건과 마주했다.

때마침 오키나와로 향하는 비행기에 수도권 모 구단, 즉 LG 단장도 있었다. 그는 비장하게 '구단 존폐가 달린 문제'라며 오키나와에 도착하자마자 그 선수와 면담한다고 했다.

오키나와 도착 후 내가 할 일은 너무나 명확했다. 숙소 건물에서 부지런히 단장과 통화를 시도했다. 면담 결과를 반드시 알아야 했다. 구단의 입장이 가장 중요한 상황이었다. 의심받은 선수를 두고 구단이 어떤 결정을 내릴지 거대한 물음표가 머릿속을 가득 채웠다. 몇 차례 통화 시도 끝에 단장과 전화 연결이 되었다.

"선수가 아니라고 부인했어요. 전혀 사실이 아니라고 합니다. 우리 구단은 선수를 믿기로 했습니다. 훈련도 하고 시즌도 준비합니다."

"선수 믿고 간다는 말씀이시죠? 그럼 선수 실명을 써도 됩니까?"

"됩니다. 선수가 강하게 부인했고 믿고 가기로 했어요. 그게 우리 구단 입장입니다."

선수 실명이 들어간 기사가 웹에 전송된 후 내 전화기는 불이 붙은 듯 뜨겁게 타올랐다. 구단 홍보 담당자의 기사 삭제 요청부터 회사 데스크의 사태 파악까지. 이후 몇 시간 동안 나는 전화기만 붙잡고 있었다. 계획했던 당일 야간 훈련 취재가 무산되었다. 그리고 다음 날 아침, 당시 LG 김기태 감독과 마주했다. 다른 기자와 함께 마주한 적은 이전에도 있었지만, 일대일로 마주한 것은 그날이 처음이었다.

김기태 감독의 뻘겋게 타올랐던 얼굴과 몇 초간의 정적. 앞으로 야구와 관련된 이야기에만 답하겠다던 그의 무심한 표정을 아직도 잊을 수 없다.

　처음으로 선수 실명이 들어간 기사를 쓰면서 선수단으로부터 '고발자' 같은 사람이 되었다. 과정을 돌아보면 억울했지만, 감독을 붙잡고 사정을 설명하기도 구차했다. 다음 날부터 한국에서 취재진이 물밀듯 들어왔고, 그 선수는 그저 그라운드 위를 수없이 달리기만 했다.

# 'DTD' 악몽의 2011시즌,
# 꼴찌 영순위

2012년 2월의 LG 트윈스는 오키나와에서 처음 만났던 김기태 감독의 표정만큼 어두웠다. 승부 조작을 의심받은 그 선수는 결국 리그에서 퇴출당했다. 토종 에이스가 사라지면서 LG의 2012시즌 전망을 그야말로 바닥을 쳤다.

그럴 수밖에 없었다. 이미 무너질 대로 무너진 팀이었다. 2011시즌 후반기 최악의 추락을 겪으며 9년 연속 포스트시즌 진출에 실패한 LG다. 과정 또한 다사다난했다. 야심 차게 트레이드를 단행했으나 마주한 것은 낭떠러지였다. 5월까지 28승 20패로 순항했는데 6월에 8승 11패로 불안하더니 7월부터 하염없이 추락했다. 거포 유망주를 내주고 뒷문은 든든히 지켜줄 베테랑 필승조 투수를 영입했다. 그러나 트레이드를 통한 반전은 없었다.

2011년 8월 18일, 라이벌 두산과 경기 후 팬들이 구단 버스를 막고 이른바 '청문회'를 열었다. 2011년 올스타전 이후 야구 기자가 된 나는 그 과정을 현장에서 지켜봤다. 당시 주장이었던 박용택의 "정말 부담됩니다"라는 말을 약 10미터 뒤에서 들었다. 당시 LG 팬들의 분노는 극에 달했다. KBO리그 최초 10년 연속 포스트시즌 진출 실패 흑역사가 눈앞으로 다가왔다. 청문회 사건 당시 수석 코치였던 김기태 감독과 박종훈 감독은 함께 중앙 출입구로 나와 팬들에게 사과를 전했다.

김기태 수석 코치는 2012년 시즌을 앞두고 사령탑으로 부임했지만 팀의 객관적인 전력은 더 약해졌다. 국가대표 출신의 베테랑 오른손 타자, 야심 차게 데려온 필승조 투수가 FA 자격을 얻으며 LG를 떠났다. 프랜차이즈 스타로 남을 것 같았던 골든글러브 수상 경력의 주전 포수 또한 SK와 FA 계약을 맺었다.

엎친 데 덮친 격으로 캠프 기간 토종 에이스도 유니폼을 벗었다. 자연스럽게 2012시즌 꼴찌 후보 영순위로 꼽혔다. 모래알 팀, 내려갈 팀은 결국 내려간다는 뜻의 'DTD Down Team is Down' 등의 수식어가 자연스럽게 붙었다. 야구 기자들에게도 기피 구단이었다. 2012시즌 LG 트윈스 담당 기자 대부분의 연차가 유독 낮았던 것은 우연이 아니었다. 그중에는 아직 한 시즌을 제대로 취재한 적이 없는 초보 기자인 나도 있었다.

★ 시즌 전적 59승 72패 2무 | 승률 0.450 | 공동 6위

★ 전반기 41승 41패    ★ 후반기 18승 31패 2무

★ 팀 타율 0.266(4위)    ★ 팀 OPS 0.716(6위)

★ 팀 평균 자책점 4.15(4위)    ★ 선발 평균 자책점 4.39(5위)

★ 중간 평균 자책점 3.82(4위)

★ 주요 선수 벤자민 주키치(WAR 5.10), 이병규(WAR 4.36),

조인성(WAR 3.72), 정성훈(WAR 3.51), 레다메스 리즈(WAR 2.80),

박현준(WAR 2.75), 박용택(WAR 2.35)

"감독님과 함께라면

암흑기에서 벗어날 수 있다는
확신이 생긴다."

— 2012시즌 김기태 감독을 신뢰한 주장 이병규

# 절망 속에서 핀 희망,
# 모래알에서 '원 팀'으로

김기태 감독을 포함한 선수단, 구단 관계자와 얼음처럼 차갑고 어색했던 관계는 눈보다 빠르게 녹았다. 스프링 캠프 초반 모 베테랑 선수가 "우리 선수들 방해하지 마라"며 나를 피했지만, 그 또한 오래가지 않았다. 회사 선배들의 격려에 힘입어 첫 출장을 어떻게든 마쳤다.

'신재웅, 인생 역전 시동', '봉중근, 완벽한 복귀 다짐', 'KBO 두 번째 시즌을 앞둔 에이스 주키치의 한국 야구 평가'와 같은 기사를 쓴 기억이 난다. 당시 낯설었던 신재웅을 인터뷰하는 과정에서 차명석 투수 코치의 얘기를 들었고 이후 차명석 코치와는 꾸준히 대화를 나눴다. 그는 이렇게 다짐했다.

"우리 쉽게 무너지지 않을 겁니다. 마운드는 자신이 있어요.

감독님께서 강조하신 경기 후반 강한 마운드. 꼭 만들 겁니다."

실제로 2012년 LG는 세간의 평가를 뒤집었다. 꼴찌 후보에서 포스트시즌 진출팀으로 올라서는 극적인 반전은 아니었지만 많은 이들이 예상한 동네북 또한 절대 아니었다. 무엇보다 쉽게 경기를 내주지 않았다. 시즌 중반까지 5할 승률 이상을 유지해 중위권 경쟁에 임했다. 선발 투수에서 마무리 투수로 전향한 봉중근의 '소화전 사건'이 없었다면 더 나은 성적으로 끝까지 4위 경쟁했을지도 모른다.

비결은 뚜렷했다. 팀 분위기가 180도 달라졌다. 감독과 코칭스태프, 감독과 선수들이 끈끈한 관계를 형성하기 시작했다. 늘 묵직한 침묵만 자리했던 LG 더그아웃에 미소가 번지고 웃음이 터져 나왔다. 감독과 선수, 선수와 코치가 대화하는 모습이 부쩍 늘었다.

선수도, 코치도 '김기태 감독 효과'를 얘기하곤 했다. "감독님을 통해 용기를 얻었다", "감독님이 믿어주신다. 이에 꼭 보답하고 싶다", "감독님과 함께라면 암흑기에서 벗어날 수 있다는 확신이 생긴다" 등의 얘기가 시즌 내내 메아리처럼 울려퍼졌다.

2011년까지는 참으로 말도 많고 탈도 많은 팀이었다. '베테랑 선수들 사이에 파벌이 강하게 형성되어 있다. 투수진 사이에 J 선수파와 B 선수파가 갈라서 있다', '전 감독이 베테랑 선수들과 등을 돌린 지 오래다. 자신과 사이가 안 좋은 선수를 직접 트레이드하려고 부지런히 카드를 맞췄다', '한 선수는 너무 스트레스를 받아서 30대 들어서 처음 담배를 피우기 시작했다. 괜히 단체 초구 공략 같은 사건이 일어났겠나' 등의 얘기가 들렸다. 나중에 확인한 결과 사실도 있었고, 거짓도 있었다.

그럼에도 당시 김기태 감독은 그동안 쌓인 아픔과 상처를 포용했다. 과거 2군 감독과 수석 코치를 맡으며 이미 선수들을 파악한 상태였고, 프런트와 선수단의 역학 관계 또한 잘 알고 있었다. 선수단 수장으로서 늘 밝은 분위기를 만드는 데 앞장섰다. 독한 훈련 속에서도 농담을 건네며 웃음꽃을 피우게 유도했다. 좌절하는 선수가 보이면 가장 먼저 다가가 위로했다. 그리고 다음과 같은 메시지들을 습관처럼 전했다.

"고맙다."

"덕분이다."

"사랑한다."

"잘 할 수 있다."

"해낼 수 있다."

미디어와의 인터뷰에서도 특정 선수를 지목해서 비난하는 경우가 거의 없었다. 때로는 분발을 촉구하기 위해 감독이 미디어를 통해 선수에게 쓴소리할 때가 있다. 그러나 김기태 감독은 웬만해서는 쓴소리조차 내뱉지 않았다. '선수들을 위한 감독' 그 자체였다. 그러자 선수단의 마음이 움직였다. 개인사업자나 마찬가지인 프로 선수가 감독을 위해 뛸 수도 있다는 것을 알게 되었다. 더불어 감독의 리더십이 얼마나 중요한지 2012시즌의 LG를 보고 깨달았다.

시작부터 강렬했다. 주장 이병규의 만루포로 경기 초반부터 승기를 잡았다. 2012년 4월 7일 대구에서 열린 전년도 통합 우승팀 삼성과의 개막 2연전을 싹쓸이했다. 이병규는 홈런 후 더그아웃으로 돌아오면서 김기태 감독과 '원 팀'을 상징하는 손가락 세리머니를 했다.

하지만 선수층의 한계도 뚜렷했다. 베테랑 의존도가 너무 높았는데 지난겨울 팀을 떠난 주전 포수의 공백이 매우 크게 느껴졌다. 베테랑과 신예 선수들 사이에서 가교 역할을 할 중·고참급 선수가 부족했다.

2012년 6월 22일. 이날 경기 전까지 마무리 투수로서 블론 세이브blown save(세이브 상황에 등판한 투수가 동점이나 역전을 허용하며 세이브 기회를 날리는 것), 세이브 상황에 등판한 투수가 동점이나 역전을 허용하며 세이브 기회를 날리는 것)를 한 번도 하지 않았던 봉중근이 잠실 롯데전에서 강민호에게 9회 2사 후 동점 홈런을 맞았다. 결국 경기는 연장 12회 끝에 패했고 이후 철통처럼 지켰던 5할 승률이 무너졌다.

첫 번째 블론 세이브를 범한 그날, 봉중근은 분을 참지 못하고 더그아웃의 소화전을 주먹으로 강하게 내리쳤다. 결과는 오른손 골절상, 2개월 이상 이탈. 순식간에 마무리 투수가 사라졌고 LG는 1년 전처럼 추락했다.

결과만 놓고 보면 2011년과 같은 'DTD'. 전반기는 버텼으나 후반기에 무너졌다. 그러나 팀 분위기는 1년 전과 정반대였다. 포스트시즌 진출 실패가 확정된 상황에서도 그라운드에 있는 모든 선수가 전력 질주했고, 베테랑들은 솔선수범하듯 정규시즌 마지막 경기까지 최선을 다했다.

자신의 마지막 30도루 시즌을 만들며 공·수·주(공격, 수비, 주루)에서 몸을 아끼지 않았던 박용택은 "결과를 생각하면 만족할 수 없는 시즌이다. 그런데 개인적으로는 만족해도 되는 시즌이라고 생각한다. 정말 그 어느 때보다 매 경기 열심히 했다고 자부한다. 나뿐이 아닌 우리 선수들 모두 항상 최선을 다했다. 그래서 내년이 기대된다. 처음으로 솔직하게 '내년에 우리 더 잘할 수 있다'고 말할 수 있다"며 미소 지었다.

선수단의 이러한 분위기는 스토브리그로 고스란히 이어졌다. 모두가 1년 후 더 높은 곳에 오를 것을 다짐했다. FA가 된 정성훈과 이진영은 LG와 다시 손을 잡았다. 두 선수 모두 LG보다 좋은 조건을 제시한 구단이 있었으나 김기태 감독을 외면할 수 없었다고 했다. 당시 정성훈은 "배신자가 되고 싶지 않았다"라며 그답게 잔류 의사를 전했다. 통합 우승팀 삼성의 베테랑 투수 정현욱도 FA 계약을 통해 LG 유니폼을 입었다.

| 2012시즌 LG 트윈스 |  |
|---|---|

★ 시즌 전적 57승 72패 4무 I 승률 0.442 I 7위

★ 전반기 34승 42패 2무 ★ 후반기 23승 30패 2무

★ 팀 타율 0.261(3위) ★ 팀 OPS 0.686(7위)

★ 팀 평균 자책점 4.02(7위) ★ 선발 평균 자책점 4.32(7위)

★ 중간 평균 자책점 3.60(3위)

★ 주요 선수 박용택(WAR 5.86), 정성훈(WAR 5.50), 주키치(WAR 3.72),

  오지환(WAR 3.50), 리즈(WAR 3.30), 유원상(WAR 2.80),

  이진영(WAR 2.79), 7번 이병규(WAR 2.62), 우규민(WAR 2.12)

# "배신자가 되고 싶지 않았다."

— 2012년 겨울 LG와 두 번째 FA 계약을 체결한 정성훈

# '나는 네가 무엇을 던질지 알고 있다' 야구 천재 정성훈

나는 야구 기자가 되기 전부터 주변에 소문난 야구팬이었다. 야구 외에 농구도 참 좋아하는데, 지금도 야구, 농구 팬이라고 자부한다. 그래서 내게는 일이 곧 취미, 진정한 '덕업일치'를 이뤘다고 할 수 있다.

물론 좋아해서 취미로 삼는 것과 직업이 되는 것은 다르다. 야구팬과 야구 기자의 차이도 그랬다. 그래도 기자가 되기 전부터 매년 KBO리그와 메이저리그 100경기 이상을 봤고, 나름대로 관련 책도 많이 읽었다. 팬들 사이에서는 밀리지 않는다고 자부하는 야구광인데 기자가 된 후 또 다른 세상이 있다는 것을 느꼈다.

시작은 스프링 캠프였다. 선수 훈련 하나하나를 눈앞에서 바라보니 모든 선수가 '야구의 신'처럼 느껴졌다. 상상할 수 없는 플레이를 펼치고 지독히 많은 훈련량을 소화하는 것을 보면서 입을 다물지 못할 때가 많다.

감독, 코치, 선수들과 인터뷰하면서 야구가 얼마나 심오하고 어려운 종목인지도 알게 되었다. 밖에서 보는 것과 안에서 보고 듣고 느끼는 것은 천지 차이였다. 무엇보다 한 팀의 거의 모든 경기를 지켜보면서 몇몇 선수는 내게 존경심과 놀라움을 가져다 주었다.

전 경기를 담당했던 첫해인 2012시즌. 처음 내게 놀라움을 선사한 선수는 정성훈이었다. 당시 정성훈은 시즌 초반부터 무섭게 홈런포를 쏘아올렸는데 그 과정 하나하나가 남달랐다. 마치 상대 투수와 포수의 머릿속에 들어간 듯 다음 구종을 예측해 안타와 홈런을 만들었다. 득점권 기회에서 더 날카로운 모습을 보이며 해결사 구실을 했다.

꾸준히 물어봤다. 가까워지기까지 적지 않은 시간이 필요하긴 했는데 늘 보는 얼굴이라 그런지 언젠가부터는 경기 상황을 자세히 알려줬다. 정성훈은 이렇게 말했다. "타격은 투수가 아닌 포수와 대결이다. 늘 상대 포수의 특징과 볼 배합을 생각하고 준비한다. 오히려 잘 모르는 어린 포수가 나오면 어렵다."

2012년부터 수없이 많은 정성훈의 적시타를 목격했다. 머리

위에 배트를 올리는 독특한 타격 준비 자세에서 여유와 정교함이 묻어 나왔다. 때로는 스트라이크 하나를 그냥 내주는 여유 속에서도 그는 적시타를 터트렸다. 대략 2017년부터 이른바 '발사각 혁명'이라며 장타를 만들기 위한 어퍼 블로우upper blow 스윙 궤적이 유행했다.

정성훈은 그 전부터 스윙 궤적이 아래에서 위로 향했다. 괴짜 같은 면도 많았으나 그가 야구장에서 보여주는 모습들이 내게는 특별하게 다가왔다.

야구 선수로서 일대기도 그가 타석에 선 모습과 비슷했다.

"아마추어 시절 훈련이 너무 힘들었다. 그래서 설마 내가 프로에 갈 줄 몰랐다."

"원래 대학에 진학할 계획이었다. 대학에 가서 야구 이외의 것도 생각해 보고 싶었다. 그런데 계획과 달리 프로에 갔다. 프로에 왔더니 지옥이더라."

"프로 입단 후 2년 동안 하루 종일 훈련만 했다. 이때 진짜 야구를 그만두려 했다. 구단에 그만두겠다고 하니 계약금을 반환해야 한다고 하더라. 그럴 수 있는 집안 형편이 아니었다. 어쩔 수 없이 계속 야구를 했다."

야구 선수로서의 성공을 확신하지 못했던 그는 2003년 KIA 타이거즈에서 현대 유니콘스로 트레이드된 후 수준급 선수로 올라서기 시작했다. 2006 월드 베이스볼 클래식WBC에서 태극 마크도 달았다. 승승장구하면서 힘들다고 느껴온 야구에 재미를 알게 되었다고 한다.

정성훈은 그렇게 천재 타자로 올라섰다. 타석에서 활약도 대단했지만 수비와 주루에서도 이따금 번뜩이는 모습을 보였다. 한국 야구 역사에 4명 밖에 없는 2100안타 이상을 친 오른손 타자가 되었다. 은퇴 후 코치 생활을 했다가 2022년부터는 예능 프로그램 〈최강 야구〉에서 천재성을 고스란히 펼쳐 보이고 있다. 참 '정성훈다운' 행보에 몇 년간 그를 지켜본 담당 기자로서 나도 모르게 미소를 지을 때가 많다.

# "평균 자책점 1위, 반드시 할 겁니다" 짜릿한 반등의 서막

"쟤 취했다. 빨리 재워."

2013년 스프링 캠프 회식 자리였다고 한다. 구단 고위층과 감독, 코칭 스태프가 나란히 각자의 새 시즌 목표를 발표했다. 그 자리에서 차명석 투수 코치는 "올해 우리는 팀 평균 자책점 1위를 할 겁니다!"라고 당차게 외쳤다. 이 얘기를 듣고 당시 구단 사장은 허탈한 웃음을 지으며 옆에 있는 코치에게 "쟤 취했다. 빨리 재워"라고 할 뿐이었다. 사실 모두가 믿지 않았다. 2013년이 잔혹한 암흑기를 끊은 그해가 될 줄은 정말 몰랐다.

전망이 마냥 밝지는 않았다. 2013시즌을 앞두고 외부에서 평가한 LG의 전력은 '다크호스' 정도였다. 물론 1년 만에 달라진 팀 분위기를 긍정적으로 평가한 사람도 많았다. 계산이 서는 불펜진을 구축한 만큼, 선발진만 향상되면 4강에 들 수 있다는 전망도 있었다.

준비는 순조로웠다. 선수들이 경기를 돌아보는 시야부터 달라졌다. 2013년 3월 20일 포항에서 열린 KIA와 시범경기에서 LG는 3-16의 스코어로 완패를 당했다. 그럼에도 투수들은 동요하지 않았다. 25안타를 맞은 것은 반성해야 할 부분이지만 볼넷은 3개뿐이었음을 강조했다.

김기태 감독부터 차명석 투수 코치까지 코칭 스태프가 부지런히 강조한 백해무익 '볼넷 최소화'가 선수들의 머릿속에 굳건히 자리했다. 시작도 더할 나위 없었다. 3월 30일 개막전 상대는 SK. 문학에서 열린 새 시즌 출발점에서 LG는 8회 정성훈의 결승 만루홈런으로 짜릿한 승리를 맛보며 개막 2연전을 싹쓸이했다. 물론 늘 순항할 수는 없다. 우승팀도 한 시즌에 최소 세 차례 위기와 마주한다.

2013시즌 LG의 첫 번째 위기는 마산에서 일어났다. 4월 30일부터 5월 2일까지 신생팀 NC와 원정 3연전을 모두 패했다. 원투펀치 레다메스 리즈와 벤자민 주키치를 투입한 첫 두 경기에서 1점 차 석패를 당했다. 3연전 마지막 경기는 1-8 완패. 3연전 후 마산에서 서울로 올라오는 구단 버스는 지옥이었다. 그 누구도 입을 열지 못한 채 무거운 침묵이 선수단을 잠식했다.

3연패 후 선수단에서 여러 얘기가 돌았다. 마산 원정 숙소에서 몇몇 선수들이 귀신을 목격하는 바람에 불면의 밤을 보냈다. 다음 마산 원정부터는 다른 호텔을 이용하기로 했다.

귀신보다 큰 문제는 3연패로 인해 가라앉은 분위기였다. 이때 베테랑 정현욱이 후배들을 불러모았다. 그는 NC전 3연패에도 고작 12번밖에 지지 않았음을 강조했다. 5월 2일 시즌 전적은 12승 12패 승률 5할이었다. 정현욱은 목소리를 높였다.

"어느 팀도 일 년에 50번은 진다. 작년에 우승한 삼성도 50번 이상 졌다. 우리가 마산에서 아쉽고 창피한 경기를 한 것은 맞다. 하지만 고개까지 숙이지는 말자. 우리가 50번 이상을 졌을 때 고개 숙여도 늦지 않다."

반등 시작점은 5월 19일에 찍혔다. 이날은 메이저리그 도전을 마치고 한국으로 돌아와 LG와 계약한 류제국의 KBO리그 데뷔전이었다. 잠실구장에서 열린 KIA와 맞대결에서 고교 시절부터 라이벌이었던 김진우와 선발 대결에 임했다. 만원 관중이 들어찬 일요일 경기에서 류제국은 승리 투수가 되었다. 4연패 탈출. 연패 탈출은 물론 불안했던 선발진에 희망의 빛이 보이기 시작했다. 여러모로 의미를 부여할 수 있는 승리였다.

선발진이 안정되면서 LG는 어느 팀 부럽지 않은 마운드를 구축했다. 차명석 투수 코치의 다짐처럼 팀 평균 자책점 1위에 올랐다. 타선도 막강했다. 거포는 없었으나 정확한 소총 부대 콘셉트로 무수히 많은 안타를 통해 점수를 뽑았다. 주장 이병규와 박용택, 정성훈, 이진영 등의 베테랑들이 타선의 중심을 잡고, 7번 이병규와 윤요섭, 손주인, 정의윤, 김용의, 오지환, 문선재 등이 뒤를 받쳤다.

5월 19일 승리를 시작으로 6월 30일까지 무려 9번의 3연전을 위닝시리즈로 장식했다. 6월 2일 무등구장에서 펼쳐진 KIA와의 경기는 한 편의 영화 같았다. 8회까지 0-4로 끌려가며 패색이 짙었는데 9회 초 4점을 뽑으며 동점을 만들었다. 이 과정에서 포수 두 명을 소진했고 9회 말 1루수로 선발 출장했던 문선재가 처음으로 포수 마스크를 썼다.

9회 말 끝내기 패배가 눈앞으로 다가온 상황. 그러나 마무리 투수 봉중근은 노련하게 문선재와 호흡을 맞추며 실점하지 않았다. 10회 초 문선재의 결승 2루타, 그리고 10회 말 봉중근이 마지막 아웃 카운트를 올리며 10년에 한 번 나올 만한 역전승을 거뒀다. 승리 후 김기태 감독은 문선재를 향해 고마움과 미안함이 두루 담긴 인사를 전했다.

# "그때는 내가 없었고"
# 적토마는 멈추지 않는다

폭풍 같은 6월을 보내며 상위권으로 도약한 LG는 7월 5일 목동에서 충격패를 당했다. 이병규가 사이클링 히트를 달성한 역사적인 경기에서 8회에만 5실점을 하며 경기를 내주고 말았다. 선발 투수 우규민을 중간에 등판시키는 강수를 두고도 마운드가 무너졌다.

충격적인 패배 때문일까. 이날 경기 후 차명석 투수 코치는 숙소에서 쓰러져 급히 응급실로 향했다. 검사 결과 신장에 악성 종양이 발견되어 며칠 뒤 수술대에 올랐다. LG는 7월 5일부터 7일까지 넥센과 목동 주말 3연전을 내리 졌다.

시즌 두 번째 위기였다. 마운드 대결에서는 어느 팀에도 밀리지 않는다는 자신감이 목동 3연전 총합 29실점으로 꺾이는 것 같았다. 특히 3연전 마지막 경기 2-11 완패의 충격을 지우기는 쉽지 않아 보였다.

7월 9일부터 11일까지 다음 3연전 상대는 NC, 시즌 초반 마산 3연전 전패 악몽을 겪게 만든 팀이다. 시즌 첫 번째 위기와 두 번째 위기가 잔인한 연결고리를 형성하는 것 같았다. 그러나 흔들리지 않았다. 사이클링 히트cycling hits(한 명의 타자가 한 경기에서 단타, 2루타, 3루타, 홈런을 모두 쳐낸 기록) 경기 후 햄스트링을 다쳤던 주장 이병규가 3일 만에 돌아와 팀을 위기에서 구해냈다. 정상적인 주루 플레이가 불가능했음에도 신들린 안타 행진을 이어갔다.

7월 3일 한화전 마지막 타석 안타부터 7월 5일 넥센전 사이클링 히트로 4타수 4안타, 7월 9일 4타수 4안타, 7월 10일 2안타로 초유의 10연속 안타, 10타수 10안타를 달성했다. 마지막 10번째 안타는 예술이었다. 상대 베테랑 투수 손민한의 초구 커브를 간파한 듯 공략해 만들었다.

적토마가 쾌속 질주하자 LG는 넥센과 NC전의 악몽을 빠르게 지웠다. 다음 NC와의 3연전을 앞두고 이병규에게 "다시 위기다. 시즌 초반 마산에서 NC에 3경기를 모두 졌는데 안 좋을 때 또 NC와 만난다"라고 하자, 그는 "그때는 내가 없었고. 지금은 있잖아. 우리 그렇게 쉽게 무너지는 팀 아니다"라고 자신감을 보였다.

자신감은 현실이 되었다. LG는 NC에 복수하듯 3연전을 모두 이겼다. 넥센전 3연패 후 NC전 3연승. 연승은 후반기 첫 경기까지 이어졌다. LG는 적토마 위에 올라타 7연승을 달렸다. 삼성과 2강 구도를 형성해 4위가 아닌 정규 시즌 우승까지 바라봤다.

이병규가 그라운드 위에서 얼마나 대단한 선수인지 모르는 사람은 없다. 입단 첫해인 1997년 신인왕에 올랐고 1999년에는 30홈런-31도루로 잠실구장을 홈으로 사용하는 선수 중 처음으로 '30-30클럽'에 이름을 올렸다. 한동안 국가대표 중견수를 논할 일도 없었다. 늘 태극마크를 달고 국제무대 외야를 휘젓는 국가대표 중견수였다.

다만 그의 성실성이나 성향을 두고 이런저런 얘기들이 많았다. 2012년 LG 주장이 되었을 때 물음표를 던지는 사람도 많았다. 나 또한 지근거리에서 그를 바라보기 전까지 천부적인 재능을 지녔지만 이기적인 면도 있는 선수라는 편견이 있었다.

하지만 정반대였다. 훈련 과정 하나하나가 필사적이었다. 배트 속도를 유지하기 위해 홀로 남아 끊임없이 스윙했다. 한국 나이 마흔까지도 전성기 못지않은 타격을 펼친 데는 그만한 비결이 있다. 자신을 내려놓은 채 조금씩 타격 자세를 수정하며 시간이 흐를수록 간결한 스윙 궤도로 시계를 거꾸로 돌렸다.

가장 인상적인 부분은 리더십이었다. 스프링 캠프 기간에 치른 일본 팀과의 평가전에서 후배들이 안일한 플레이를 반복하자 경기 후 뼈 있는 한마디를 던지는 모습을 보이기도 했다. 일본 팀 등번호 100번 대 신고 선수들이 보여준 플레이를 하나하나 나열하며 절박함을 강조했다.

한편으로는 격려와 칭찬을 아끼지 않았다. 당시 신예였던 정의윤, 김용의, 문선재, 오지환 등이 슬럼프에서 벗어날 때마다 선수단에서 가장 먼저 하이파이브를 하며 "봐봐! 충분히 할 수 있잖아"라고 응원한 이도 이병규였다.

부상으로 이탈한 기간 선수단에 미안함을 전하며 용기를 불어넣기도 했다. "해야 할 때 하지 않으면 영영 못 합니다. 저도 열심히 재활해서 잘 돌아오겠습니다. 우리는 충분히 할 수 있습니다"라며 동생들을 격려했다.

김기태 감독과의 호흡도 완벽했다. 서로 존중하고 존경하며 감독과 주장이 한마음으로 움직였다. 자연스럽게 선수단 전체의 톱니바퀴가 정확히 맞물려 돌아갔다.

# "버티길 잘했다, 야구하길 잘했다" 불사조의 독백

전반기를 2위로 마친 LG는 후반기 들어 삼성과 치열한 선두 경쟁에 임했다. 8월 20일 목동 넥센전 승리로 1위로 올라섰고 한 달 후인 9월 19일 순위표에서도 정상에 올랐다. 시즌 전에는 4위만 해도 대성공이라고 생각했다. 포스트시즌 진출이 확정된 9월 22일. 마침내 10년 암흑기에 마침표를 찍었다.

축배는 들지 않았다. 선수단은 9월 22일 마산 원정 경기를 마치고 잠실로 돌아와 가볍게 기쁨만 나눴다. 선수단 전체 기념사진을 찍으면서 더 높은 곳을 바라봤다. 1위에 오른 팀이 단순히 포스트시즌 진출에 만족할 수는 없었다.

그러나 이후 한계에 직면했다. 뜨거웠던 타선이 시즌 막바지 차갑게 식었다. 타선의 핵을 이루는 베테랑들이 체력 한계와 마주하면서 저득점 경기가 부쩍 늘었다. 10월 2일 한화전 패배로 3연패. 그래도 다음날 연패를 끊었고 10월 5일 두산을 상대로 모든 게 걸린 최종전에 임했다.

한 해 농사가 정규 시즌 마지막 날에 결정된다. LG, 두산, 넥센이 모두 2위를 바라본 채 페넌트레이스pennant race(1년을 한 시즌으로 한 장기 리그전) 결승 지점을 눈앞에 뒀다. LG의 2위 시나리오는 'AND' 공식이었다. '최종전 두산에 승리' 그리고 '넥센이 한화에 패배'. 즉 마지막 두산전에 승리하고 넥센이 한화에 져야 LG가 2위로 플레이오프 직행을 이룬다. 반대의 경우 준플레이오프부터 포스트시즌 시작. 가을 야구에 안주하는 게 아닌 정상 등극을 이루려면 플레이오프 직행을 달성해야 했다.

이날 LG는 2010년대 최고의 경기를 했다. 선발 투수 류제국이 7.1이닝 2실점으로 호투好投했고, 이병규가 이번에도 해결사로 나서며 6회 말 역전 결승 2루타를 터트렸다. 때마침 대전에서는 넥센이 한화에 패배했다.

류제국이 마무리 투수 봉중근으로 교체될 때 마운드에 선 차명석 투수 코치는 팬들의 응원에 전율을 느꼈다고 회상했다. 봉중근의 1.2이닝 세이브로 경기가 종료된 순간 잠실구장 1루 측을 가득 메운 유광 점퍼 함성이 마치 화산처럼 폭발했다.

21세기 누구보다 한 맺힌 시간을 보낸 LG 팬들, 그리고 긴 암흑기와 정면으로 마주한 박용택, 이동현이 하염없이 눈물을 흘렸다. 김기태 감독 또한 마지막 아웃 카운트가 올라간 순간 잠시 등을 돌리고 고개를 숙인 채 사색에 잠겼다. 팬과 선수들 모두 서로를 끌어안으며 지독했던 시간과 이별을 고했다.

잠실구장 하늘은 폭죽으로 가득했다. 경기 후 최동수의 은퇴식이 열렸고, 팬들은 야구장을 떠나지 않았다. 끊임없는 응원가 메들리가 울려 퍼졌다. 박용택, 이동현, 최종전 결승타로 만 39세 최고령 타격왕이 된 이병규 등이 그라운드로 다시 나와 팬들과 기쁨을 나눴다.

> "버티길 잘했다. 버티니까 이런 순간도 찾아온 것 아닌가. 야구하기를 참 잘했다는 생각을 오랜만에 한다."

세 번의 팔꿈치 수술과 그로 인한 4년의 공백. 그런데도 끝까지 포기하지 않았고 불사조이자 승리조로 다시 올라선 이동현의 한마디였다. 이동현은 팬들이 떠난 후에도 다시 그라운드에 서서 하늘을 바라봤다.

아직 폭죽 연기가 붉게 남아있는 잠실구장 하늘이 LG의 11년 만의 포스트시즌 진출을 축하했다. 함께 유광 점퍼를 맞춰입은 LG 선수단과 LG 팬들 모두 밝은 미소로 정규 시즌 마라톤 결승점을 통과했다.

# 축제의 하이라이트
# "유광 점퍼 하나씩 준비해야죠"

선수단이 완벽한 정규 시즌 마지막 날을 보내면서 구단 직원들도 분주해졌다. 너무나 오랜만에 포스트시즌 경기를 치르는 만큼, 가을 야구를 처음 경험하는 직원도 많았다. 마케팅팀과 운영팀은 즐거운 낯섦 속에서 플레이오프라는 큰 행사를 준비했다.

삼성과 맞붙는 한국시리즈 계획도 세웠다. 설레발이 아니었다. 좋은 환경에서 정상 결전에 임하려면 교통부터 숙박, 식사까지 서둘러 예약하는 것은 필수다. 선수단은 물론 선수단을 지원하는 직원들도 대구행 교통편과 숙소 예약을 일찍이 마무리했다.

선수단은 당시 2군 구장이 있었던 구리와 잠실로 오가며 플레이오프를 준비했다. 저녁에는 두산과 넥센의 준플레이오프 경기를 시청했다. 상대가 두산이 되든 넥센이 되든 플레이오프를 통과해 한국시리즈 무대에 오르는 시나리오를 짰다.

김기태 감독은 김성근 감독과 마주한 후 고민했던 플레이오프 선발 로테이션을 확정 지었다. 1차전 선발 리즈, 2차전 류제국이 아닌, 1차전 류제국, 2차전 리즈로 결정했다. 구위와 성적에서 리즈가 류제국보다 앞섰으나, 류제국의 기운을 믿었다. 정규 시즌 마지막 경기를 포함해 유독 큰 경기에서 승리 기운을 가져오는 류제국이 플레이오프 1차전도 흐름을 이어가기를 기대했다.

무엇보다 마지막 5차전 승부를 머릿속에 넣었다. 시리즈 전적 2승 2패로 팽팽히 맞설 경우 5차전은 총력전을 펼쳐야 하는데, 스태미나가 좋은 리즈는 2차전 후 5차전 등판이 가능했다. 시리즈가 최종 5차전까지 가더라도 '류제국과 리즈 1+1 선발' 기용으로 승기를 잡는 모습을 머릿속에 그렸다.

준플레이오프가 5차전 혈투로 흘러갔고 두산이 넥센에 승리했다. 2000년 이후 첫 포스트시즌 잠실 더비가 성사된 것이다. 플레이오프 티켓 예매 사이트가 폭주했고 몇 초 만에 모든 티켓이 팔려나갔다. 잠실구장 2만 5500석 규모는 팬들의 열기를 담기에 턱없이 부족했다.

LG 유광 점퍼 물결은 정규 시즌에서도 여러 번 야구장을 가득 메운 바 있다. LG '가을 야구 염원'을 상징하는 유광 점퍼 또한 동이 날 정도로 2013년 LG는 KBO리그 전체 마케팅에서 큰 부분을 차지했다.

2011년 초반 팀이 선전하면서 박용택이 LG 팬들에게 건넨 "유광 점퍼 하나씩 준비해야죠" 말 한마디가 2년 후 태풍으로 돌아왔다. 한국 프로 스포츠 역사에 없었던 구단 점퍼 매진 사례가 벌어졌다.


야구와 거리를 두고 있었지만, 1990년대 황금기 추억이 가슴 깊은 곳에 남아있었던 LG 팬들도 유광 점퍼를 입고 다시 잠실구장을 찾았다.

결과적으로 암표 가격이 끝없이 치솟았다. 10월 5일 잠실구장에서 열린 LG와 두산 최종전도 암표가 정가에 5배가 넘는 20, 30만 원에 거래되었다. 플레이오프 1, 2차전 LG 1루석은 100만 원이 훌쩍 넘었다. 늘 매진되는 유광 점퍼 또한 정가보다 훨씬 비싼 가격에 재판매되었다. LG가 1990년대 신바람 붐을 재현하자, 상상도 못 했던 마케팅 붐이 불었다. 매진 경기 결승타, 혹은 끝내기 안타를 친 신예 선수의 유니폼은 당일 현장에서 수백 개씩 팔렸다.

# 거짓말 같았던 플레이오프와 '삼성동 호텔 사건'

포스트시즌은 새로운 무대다. 정규 시즌 기록이 전혀 반영되지 않는다. 페넌트레이스 100승을 해도 시리즈 전적에서 밀리면 그대로 끝이다. 경기 하나하나가 중요한 단기전이고 이에 따른 변수도 많다. 보통은 더 잘하는 것보다 덜 못하는 게 승리 요인이 된다. 즉 실수를 최소화해야 승리한다.

10월 16일 플레이오프 1차전. LG는 반대였다. 1회부터 수비 실책이 나오면서 선취점을 빼앗겼다. 1회 말 홈런으로 경기를 원점으로 돌렸는데 2-2 동점이었던 7회에 또다시 실책으로 점수를 허용했다. 낯선 포스트시즌 무대에 오르자 너도나도 할 것 없이 얼어붙었다. 1차전을 2-4로 패배한 LG는 2차전 리즈의 8이닝 무실점 역투로 반격에 성공했다.

그러나 3차전 3회 말 심판진의 석연치 않은 판정에 의한 실책으로 또 허무하게 실점했다. 1루 땅볼, 3-2-1 더블 플레이 상황에 주심이 홈 충돌 상황을 알아채지 못하면서 포수의 1루 악송구가 나왔다. 어수선한 분위기에서 역전을 당했는데 마지막 9회 초 공격은 거짓말같이 끌려갔다.

득점권 기회에서 가장 믿을 만한 정성훈과 이병규가 안타를 쳤음에도 주력이 뛰어난 이대형과 문선재가 나란히 홈에서 태그아웃. 결국 1점 차 패배로 시리즈 전적 1승 2패가 되었다.

잡을 수 있는, 잡아야 하는 3차전을 놓친 LG는 4차전을 1-5로 내주고 뜨거웠던 2013년을 마무리했다. 2002년 이후 11년 만에 대구에서 한국시리즈를 바라봤는데 이 또한 물거품이 되었다. 4차전이 끝나고 이병규는 홀로 3루 더그아웃에서 꽤 오랫동안 그라운드를 응시했다.

그래도 충분히 박수받을 시즌이었다. 참 많은 이들을 고통스럽게 했던 긴 암흑기가 끝났다. 베테랑 의존도가 높았지만, 젊은 선수들도 성장세를 보였다. 특히 유격수 오지환이 알을 깨고 나온 듯 수비가 한층 향상되었다. 투수들의 활약이 뛰어났고 야수진 또한 이전보다 좋은 수비를 펼쳤다. 이듬해에도 포스트시즌 진출을 기대할 수 있는 2013년의 LG였다.

선수단은 오랜만에 큰 무대를 치른 기쁨, 그리고 허무하게 사라진 한국시리즈 진출 기회의 아쉬움을 두루 안고 한자리에 모였다. 포스트시즌 기간 숙소로 잡은 삼성동의 한 호텔에서 시즌을 마무리하는 뒤풀이가 열렸다.

모두가 웃고 우는 사이 김기태 감독이 폭탄 발언을 했다. 한국시리즈에 오르지 못한 책임이 자신에게 있다며 자진 사퇴를 발표했다. 2014년까지 계약 기간 1년이 남은 사령탑이 선수들에게 미안함을 전하며 홀연히 사라졌다.

난리가 났다. 술이 확 깬 선수들은 밤새 김기태 감독을 찾아다녔다. 우여곡절 끝에 김기태 감독이 머무는 방 번호를 알아내 아침까지 문 앞을 지켰다. 김기태 감독이 방 안에 있는 것을 알았는데 감독은 끝까지 문을 열지 않았다. 그러자 선수들은 한술 더 떠 호텔 방문을 뜯어버렸다. 김기태 감독과 마주했고 그 자리에서 팀을 떠나지 않겠다는 확답을 받았다. 참 다사다난한 2013년 LG 야구의 마지막 날이었다.

★ 시즌 전적 74승 54패 | 승률 0.578 | 종합 3위 | 정규 시즌 2위

★ 전반기 45승 31패　　　　　　　★ 후반기 29승 23패

★ 팀 타율 0.282(3위)　　　　　　★ 팀 OPS 0.741(5위)

★ 팀 평균 자책점 3.72(1위)　　　　★ 선발 평균 자책점 3.91(2위)

★ 중간 평균 자책점 3.40(1위)

★ 주요 선수 리즈(WAR 5.29), 박용택(WAR 4.95), 정성훈(WAR 4.66),

　오지환(WAR 3.91), 봉중근(WAR 3.72), 우규민(WAR 3.67),

　이병규(WAR 2.92), 이진영(WAR 2.84), 신정락(WAR 2.28),

　이동현(WAR 2.20)

★ 포스트시즌 플레이오프 두산전 시리즈 전적 1승 3패

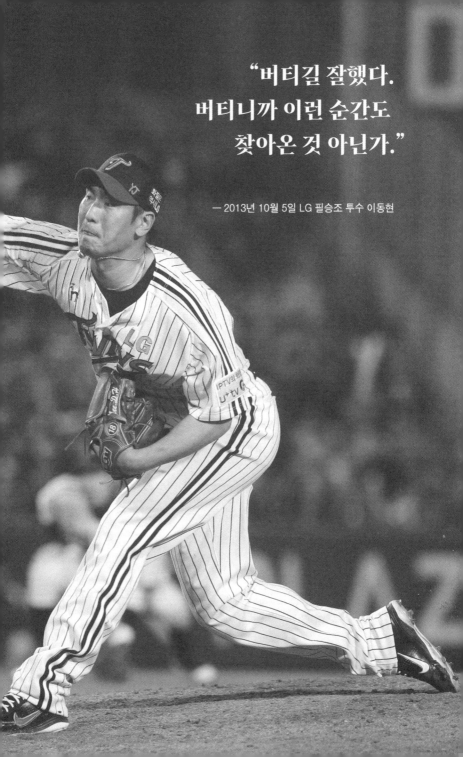

"버티길 잘했다.
버티니까 이런 순간도
찾아온 것 아닌가."

— 2013년 10월 5일 LG 필승조 투수 이동현

# 차디찬 겨울,
# 그리고 4월 23일 대구

선수단은 지난 10년과 다른 겨울을 기대했다. 여러 부분에서 그랬다. 마무리 캠프부터 연봉 협상 테이블, 그리고 스토브리그까지 이전과는 다른 풍족한 겨울이 되기를 바랐다.

바람대로 마무리 캠프 장소는 달라졌다. 찬 바람과 흙 위에서 훈련해 온 경남 진주가 아닌 따뜻한 일본 고치에서 신예 선수들이 땀방울을 흘렸다. 3년 만에 다시 해외에서 마무리 캠프를 열었고 이병규(7번)와 정의윤, 문선재, 김용의 등 1군에서 활약한 선수들도 동생들과 함께 11월에도 훈련에 임했다.

스프링 캠프는 최적의 장소에서 진행되었다. LA 다저스 캠프 장소인 미국 애리조나주 글렌데일에서 새 시즌을 준비하기로 했다. 기후와 잔디, 훈련 장비 모두 아시아에서는 따라올 곳이 없었다.

그런데 캠프 장소 외에는 딱히 다를 게 없는 겨울이었다. 모처럼 성과를 낸 LG가 FA 시장에서 큰손이 된다는 예상도 있었지만, FA 자격을 얻은 이병규와 재계약, 그리고 이대형과의 이별을 선택했다. 전력 보강이 전무한 상태로 다음 시즌 계획을 세웠다.

연봉 협상 테이블도 마냥 따뜻하지 않았다. 핵심 선수 중 FA 계약자가 많기는 했지만, 이동현처럼 막강 불펜진의 중심이 된 선수가 쉽게 사인하지 못했다. 겨울마다 '팀 성적만 잘 내면'이라는 조건이 붙었던 LG다. 팀 성적이 잘 나왔고 그만큼 기대가 컸는데 구단에서 제시한 금액은 예상보다 못했다.

봉중근처럼 시즌에 앞서 모험을 강행한 계약을 맺지 않는 이상 큰 보상을 기대하기 어려웠다. 2013년을 앞두고 봉중근은 연봉 인상 대신 세이브 숫자에 비례해 성과 보수를 받는 조건으로 계약서에 사인했다. 38세이브를 기록하면서 봉중근의 모험은 성공을 거뒀다.

결국 몇몇 선수들을 제외하면 특별하지 않은 겨울을 보냈다. 마무리 캠프 기간 김기태 감독은 내심 FA 시장에 나온 왼손 선발 투수 장원삼 영입을 기대했다. 가능성이 있다고 생각했는데 그냥 바람으로 끝날 뿐이었다. 사실상 리즈 한 명뿐이었던 외국인 투수 보강도 아쉬움이 남았다. 경력과 몸값 모두 특출나지 않았던 코리 리오단이 리즈와 원투펀치를 구성했다. 2014년부터 시행된 외국인 타자 제도 주인공으로는 조쉬 벨이 낙점되었다. 그 또한 캠프부터 물음표만 남겼다.

코칭 스태프 구성 과정에서 불협화음도 있었다. 차명석 투수 코치와 재계약이 이뤄지지 않았고 이를 두고 김기태 감독이 프런트에 강하게 아쉬움을 표출했다. 엎친 데 덮친 격으로 1선발 리즈가 캠프 기간 무릎 부상으로 이탈했다.

올라가는 것은 어렵고 추락은 쉽다. 2014시즌 초반의 LG가 그랬다. 4월 첫 7경기에서 3승 3패 1무로 5할 승률은 지켰으나 이후 1승 9패로 추락했다. 그러다가 4월 22일과 23일, '삼성동 호텔 사건'이 현실로 다가왔다.

4월 22일 대구 원정을 앞두고 선수단은 마음을 다잡자며 2년 만에 다시 머리카락을 짧게 잘랐다. 암흑기 시절 연례행사가 다시 벌어진 것이다. 김기태 감독 첫해인 2012년에도 한 차례 선수단이 단체 삭발을 한 적이 있었다. 그러나 이후 김기태 감독은 다시는 이런 일이 있으면 안 된다고 강조했다. 다시 머리카락을 자른 선수들을 본 김기태 감독은 말을 잇지 못했다. 그리고 4월 22일 대구 삼성전 1-8 완패 후 구단에 사퇴 의사를 전했다. 주중 3연전 두 번째 날인 4월 23일 대구 구장에서 김기태 감독의 모습은 보이지 않았다.

여러 가지 얘기가 한 번에 터져 나왔다. FA 시장 빈손, 실망스러운 외국인 선수 영입, 그리고 김기태 감독이 2년 전 직접 1군 투수 코치로 낙점했던 차명석 코치와의 이별까지 겨울 동안 있었던 일들이 얽히고설킨 채 드러났다.

한편으로는 다른 생각도 들었다. 어느 지도자도 팀 성적 부진에 따른 책임에서 벗어날 수 없다. 사퇴 의사를 전한 시점에서 LG는 겨우 17경기만 치른 상태였고 시즌 전적 4승 12패 1무를 기록했다. 포기하기에는 너무나 이른 시점이기는 했지만, 김기태 감독 스스로 한계와 마주한 모습도 보였다.

'형님 리더십'으로 선수들과 한마음이 되었고 지휘봉을 잡은 지 2년 만에 목표도 달성했다. 정규 시즌 2위에 오른 만큼 다음 목표는 우승이어야 하는데, 객관적으로 봤을 때 우승 전력은 아니었다.

반전을 이루지 못하면 리빌딩rebuilding(팀 구성원이나 시스템 개축) 체제를 피할 수 없다. 이 경우 베테랑들과 돈독히 쌓아 올린 신뢰가 무너진다. 주전급 신예 선수들이 턱없이 부족한 LG였기에 리빌딩에 돌입해도 적지 않은 시간이 걸릴 게 분명했다.

김기태 감독은 4월 23일 오전 서울행 기차에 올랐고 가족이 있는 미국으로 떠났다.

공든 탑이 순식간에 무너지는 것 같았다. 김기태 감독부터 조계현 수석 코치, 차명석 투수 코치까지 절묘한 조화를 이룬 코칭 스태프 체계에 균열이 생겼다. 선수들은 마냥 당황했다. 마치 전쟁터에서 부모를 잃은 것처럼 울음을 터트리는 선수도 있었다.

김기태 감독이 떠난 후 열린 선수단 미팅은 아수라장이었다. "우리가 못해서 감독님이 떠나셨다. 올해 우리 팀은 끝났다"라는 한 베테랑 선수의 말에 동조하는 이들도 있었고 역정을 내며 반박하는 이도 있었다. 한 중견급 선수는 "감독이 스스로 나간 것을 두고 선수들이 왜 이리 흔들리는지 이해가 안 된다. 아직 경기도 많이 남았는데 뭐가 끝났다는 건가"라고 받아쳤다.

21세기 들어 가장 뜨거웠던 2013년의 LG가 겨우 6개월 만에 혼란에 빠졌다. 이 상태로는 절대 정상적으로 시즌을 치를 수 없어 보였다.

# 역사에 남을 대반전,
# 우리는 마산으로 간다

모든 야구인이 감독을 꿈꾼다. 그래서 시즌 막바지만 되면 하위권 팀 감독 자리를 놓고 무수히 많은 얘기가 돈다. 하늘이 도와주지 못하면 될 수 없는 게 감독이지만 하마평下馬評에라도 오르면 전화기만 붙잡는 시간이 반복된다.

그런데 2014년 4월 말의 LG는 이례적이었다. 전례를 찾아보기 힘들 정도로 이른 시기에 감독이 자진 사퇴했다. 코치든, 해설위원이든 하마평에 오를 만한 인물에게도 전혀 예상하지 못한 일이었다.

프런트는 선수들처럼 우왕좌왕했다. 그리고 팀은 자연스럽게 표류했다. 김기태 감독이 자리를 비운 날부터 새 감독이 선임이 발표된 5월 11일까지 17경기에서 6승 11패. 여전히 최하

위에 머물렀다.

새 감독 선임에 적지 않은 시간이 걸렸고 그 기간 추락을 거듭했다. 구단은 5월 11일 목동 경기 종료에 맞춰 새롭게 지휘봉을 잡을 인물을 발표했다. 과거 롯데 감독을 맡았고 롯데와 LG에서 꾸준히 지도자 경력을 쌓아 온 양상문 해설위원이 LG 감독으로 낙점되었다. 계약 기간은 2014년부터 2017년까지 3년 6개월.

선임 자체가 놀라운 일은 아니었다. 양상문 감독은 김기태 감독 사퇴 일주일이 지난 시점부터 가장 유력한 후보로 꼽혔다. 한 베테랑 선수는 4월 말쯤에 "양상문 감독님이 오신다고 들었는데 어떻게 된 건가. 설마 다른 분이 오는 걸로 바뀐 건가?"라고 내게 묻기도 했다.

이번에도 결단이 늦었다. FA 시장에서 그랬던 것처럼 신속하지 못했고 과감함이 부족했다. 사실상 단독으로 감독 시장에 나선 만큼 칼자루는 LG 구단이 쥐고 있었다. 100경기 이상이 남았고 모든 경기가 중요한 상황. 감독 선임에 너무 많은 시간을 소모했다.

양상문 감독은 2008년 LG 투수 코치 시절 이후 6년 만에 핀스트라이프 유니폼을 입었다. 봉중근, 이동현, 우규민 등 핵심 투수들과 LG에서 함께 했고 돈독한 관계를 유지해 왔다. 프런트 또한 이 부분에 비중을 뒀다. 선수들과 익숙한 지도자를 감독으로 선임해 과도기를 최소화하기를 기대했다.

양상문 감독이 부임하면서 감독 대행을 맡았던 조계현 수석 코치가 2군 감독으로 보직을 바꾸며 코칭 스태프 구성에도 변화의 바람이 불었다. 2013년 신바람이 2014년 초반 경로를 예측할 수 없는 정체불명의 태풍으로 바뀌었다.

양상문 감독은 선임 발표 후 전화 통화에서 "절대 떨어지는 전력이 아니다. 3, 4위는 충분히 할 수 있는 전력"이라며 반등을 다짐했다.


양상문 감독이 강조한 부분은 마운드였다. 2013년 마운드의 힘으로 승리를 쌓았던 모습을 재현해야 반등도 가능하다고 강조했다. 이를 위해 불펜진을 정비하고 방출이 눈앞이던 리오단의 투구 메카닉을 수정했다.

새로운 체제가 성공하기 위해선 시작이 중요하다. 양상문 감독의 LG 사령탑 데뷔전이었던 5월 13일 잠실 롯데전에서 LG는 5-0으로 승리했다. 선발 투수 티포드를 시작으로 이동현, 정찬헌, 봉중근이 리드를 지키며 무실점 승리를 완성했다. 양상문 감독이 부임하면서 주전 포수를 맡게 된 최경철은 아무도 예상하지 못했던 결승 홈런을 터트렸다.

첫 경기 승리를 시작으로 불안했던 마운드가 제 자리를 찾아갔다. 정신적으로 동요되었던 선수들도 온전히 야구에 집중하기 시작했다. 이후 조금씩 상승기류를 형성하더니 7월부터는 패배보다 승리가 많아졌다. 6월까지 27승 41패 1무, 승률 0.397였지만, 7월 13승 7패, 승률 0.650, 8월에는 12승 9패, 승률 0.571로 1년 전 모습을 되찾았다. 9월에는 인천 아시안게임이 열리면서 베테랑 선수들은 휴식을 취할 수 있었다.

6월 말까지 승패 마진 '마이너스 15'였던 팀이 시즌 막바지 포스트시즌을 바라봤다. KBO리그는 물론, 메이저리그에서도 드문 대반전을 만들었다. 8월 말 4위까지 올라섰고 끝까지 4위 자리를 지켰다.

10월 9일 잠실에서 열린 KIA와의 경기는 LG의 2014시즌 모습을 축약한 승부였다. 2회까지 0-6으로 패색이 짙었는데 8회 6-6 동점을 만들었고, 10회 이진영의 끝내기 희생 플라이로 짜릿한 승리를 거뒀다. 10회 선두 타자 박용택이 2루타로 출루하고 7번 이병규의 진루타, 그리고 이진영의 끝내기 한 방까지. 박용택이 전력 질주로 홈을 밟았고 LG도 다시 가을 야구를 바라봤다. 시즌 전적 61승 61패 2무로 승률 5할 회복하며 마침내 승패 마진 '제로'가 되었다. 잠실구장이 1년 전처럼 뜨거운 용광로로 변했다.

그래도 끝까지 안심할 수는 없었다. SK 또한 무서운 상승곡선을 그리며 LG를 추격했다. 그러면서 2년 연속 정규 시즌 마지막 날 순위가 결정되었다. 최종전인 10월 17일 LG는 사직 롯데전을 졌지만, SK 또한 넥센과 최종전에서 패했다. 부산에서 시즌 종료가 아닌 준플레이오프가 열리는 마산으로 이동했다. LG 구단 역사에 남을 대반전 정규 시즌이 완성된 순간이었다.

# "나는 강하다, 훨씬 강하다" 앞으로도 강해질 것이다

분위기가 모든 것을 지배한다. 극적으로 포스트시즌 티켓을 거머쥔 만큼 분위기만 놓고 보면 LG를 따라올 팀이 없었다. 준플레이오프 상대는 리그 진입 2년 만에 가을 야구 무대에 오른 NC. 순위표에서는 NC가 LG보다 높은 곳에 자리했는데 준플레이오프 시리즈 흐름은 정반대였다. 2년 연속 가을 야구를 경험한 LG 선수들이 첫 가을 야구에 임하는 선수가 많았던 NC보다 여유롭고 노련했다.

10월 19일 일요일 마산구장에서 열린 준플레이오프 1차전. 분명 장소는 마산인데 잠실구장처럼 유광 점퍼가 관중석을 메웠다. 포스트시즌 티켓 전쟁에서 승리한 LG 팬들이 마산행 KTX를 가득 채우고 마산구장으로 집결했다.

원정구장이 홈구장으로 바뀐 듯 일방적인 응원이 진행되었고 1차전 결과 또한 그랬다. 1회부터 6점을 뽑은 LG는 13-4 완승으로 가볍게 포스트시즌을 시작했다. 1년 전 LG가 첫 포스트시즌 경기에서 실책으로 무너진 것처럼, 이번에는 NC가 첫 포스트시즌 경기에서 실책 3개를 범했다.

2차전도 4-2로 승리한 LG는 3차전부터 잠실구장으로 무대를 옮겼다. 3차전 접전 끝에 3-4로 패했으나 팬들은 다시 한번 장관을 연출했다. 1차전 홈런포로 영웅이 된 최경철이 득점권에서 등장할 때 팬들은 목청이 터질 듯이 환호를 보냈다. 이후 대타 이병규가 등장하자 잠실구장이 뽑혀 나갈 것처럼 응원가가 울려 퍼졌다.


경기 후 승리팀 수훈 선수로 꼽힌 NC 이호준은 "이병규 선수가 인기 많은 건 다 아는데 최경철 선수까지 그렇게 인기가 많은 줄은 몰랐다. 정말 깜짝 놀랐다. LG 팬들의 화력이 정말 엄청나기는 하다"라고 말하며 미소 지었다.

팬들은 오늘이 마지막 날인 듯 필사적으로 응원했고 LG의 기세는 꺾이지 않았다. 마지막 4차전은 11-3 완승. 2002년 플레이오프 이후 12년 만에 LG가 포스트시즌 시리즈에서 승리를 거뒀다. 4위 팀이 3위 팀을 꺾는 업셋을 달성한 것이다. 선수단과 팬들의 분위기는 이미 한계점을 돌파했다.

목동구장에서 열린 넥센과 플레이오프 1차전. 분위기에 너무 휩쓸린 탓일까. 경기 초반 빅이닝을 만들 수 있는 상황에서 어처구니없는 실수를 범했다. 3회 1사 만루에서 7번 이병규가 좌중간을 가르는 적시타를 터트렸는데 2루 주자 홈 태그아웃, 타자 주자 이병규는 선행 주자인 1루 주자 박용택을 앞지르면서 자동 아웃되었다. 상대를 지속해서 압박할 기회를 놓쳤고 넥센에 역전패를 당했다. 2차전 9-2 완승으로 반격에 성공했지만 3차전과 4차전을 내리 졌다. 참 많은 일이 벌어졌던 2014 시즌에 마침표가 찍혔다.

그래도 LG 팬들은 대반전을 이룬 선수들을 향해 끝까지 박수를 보냈다. 어느 때보다 다이내믹한 시즌을 만든 것에 고마움을 전했다. 양상문 감독은 부임 후 더그아웃에 붙여놓았던 '나는 내가 생각한 것보다 훨씬 강하다' 플래카드를 번쩍 들며 팬들의 환호에 응답했다.

★ 시즌 전적 62승 64패 2무 | 승률 0.492 | 종합 4위 | 정규 시즌 4위

★ 전반기 35승 44패 1무                    ★ 후반기 27승 20패 1무

★ 팀 타율 0.279(10위)                    ★ 팀 OPS 0.761(10위)

★ 팀 평균 자책점 4.58(3위)               ★ 선발 평균 자책점 4.83(3위)

★ 중간 평균 자책점 4.22(1위)

★ 주요 선수 7번 이병규(WAR 4.39), 박용택(WAR 4.21), 리오단(WAR 4.14),

 정성훈(WAR 4.02), 우규민(WAR 3.95), 봉중근(WAR 2.54), 이동현(WAR 2.54),

 오지환(WAR 2.53), 류제국(WAR 2.31), 이진영(WAR 2.05)

★ 포스트시즌 준플레이오프 NC전 시리즈 전적 3승 1패

★ 플레이오프 넥센전 시리즈 전적 1승 3패

"나는 내가 생각한 것보다
훨씬 더 강하다."

― 2014년 LG 사령탑이 된 양상문 감독

# "모두 팬 덕택입니다"
# 영원한 'LG맨' 박용택

10년 암흑기를 뒤로 하고 2년 연속 포스트시즌 진출에 성공했다. 구단도 이제는 굵직한 보강을 이루고 정상에 도전해야 하는 시기임을 인지했다. 외국인 선수 세 명을 모두 교체하기로 했고 FA 시장 최대어도 바라봤다. FA 영입 초안은 왼손 선발 투수 장원준, 외야수 김강민이었다. 외부 FA 영입에 큰 금액을 투자하는 대신 내부 FA 박용택 영입에는 비용을 적게 측정했다.

시장은 LG의 계산과 다르게 흘러갔다. 일단 최대어 장원준을 두고 시장이 과열되었다. 원소속팀인 롯데는 물론, 두산까지 이례적으로 외부 FA 영입에 적극성을 보였다. 21세기 들어 꾸준히 LG보다 높은 위치에 있었던 두산은 2014시즌 6위에 그쳤다. 당시 두산 송일수 감독을 1년 만에 경질할 정도로 위기를 직감했고, 에이스를 영입해 다시 정상에 도전하는 계획을 세웠다.

당시에는 원소속구단 우선 협상 기간이 있을 때여서 장원준의 경우 롯데가 먼저 협상 테이블을 차리고 계약을 맺을 수 있다. 하지만 현실적으로는 유명무실한 제도였다. 선수 측은 이미 타 구단이 자신을 두고 영입 의사가 있는지, 그리고 계약 규모를 얼마나 제시할지 알고 있었다.

LG는 두산이 장원준에게 건넨 계약 규모보다 턱없이 부족한 금액을 준비했다. 준비한 금액이 부족하니 협상 테이블조차 제대로 차리지 못했다. 두산은 우선 협상 기간 종료에 맞춰 장원준과 마주했고 대형 계약을 체결했다. 두산만큼이나 선발진에서 기둥이 될 좌투수가 필요했던 LG지만 2년 연속 선발진 보강이 무산되었다.

내부 FA도 순조롭지 않았다. 프랜차이즈 스타 박용택을 두고 타 구단이 영입 의사를 전했다. 원소속팀에 대한 충성도가 없는 선수였다면 뒤도 돌아보지 않고 이적하는 게 당연했다. 프런트는 고민에 빠졌다. 처음 건넨 계약 규모를 유지했다가는 프랜차이즈 스타를 잃게 된다. 팬들이 가장 사랑하는 선수, 잠실구장에서 가장 많이 볼 수 있는 33번 유니폼이 사라지는 것은 구단 입장에서도 큰 부담이다. 무엇보다 박용택은 꾸준히 세 자릿수 안타를 기록하며 역대 최고 기록에 도전하고 있었다. 향후 명예의 전당이 생긴다면 헌액될 확률이 매우 높았다.

우선 협상 기간 최종일 이틀 전까지 구단은 고민을 거듭했다. 그리고 포털 사이트에서 '박용택' 세 글자가 검색어 순위 상단에 자리하기 시작했다. 팬들은 박용택의 잔류를 기원하는 영상을 만들었고 SNS를 통해 '박용택 잔류 릴레이'를 진행했다.

당사자인 박용택도 어느 때보다 길고 힘든 일주일을 보냈다. 처음에 LG가 제시한 계약 규모를 보고 이별을 결심하려 했지만, 팬들이 만든 릴레이 영상을 보고 눈시울을 붉혔다. 프런트 수장과 3일 연속 협상 테이블에 마주했고 밤새 대화를 나눴다.

마지막으로 LG가 박용택에게 건넨 계약 규모는 약 15억 원이 상향된 4년 50억 원. 타 구단이 제시한 계약 규모보다는 적었지만, 박용택은 LG의 손을 잡았다. 4년 전인 2010년 겨울 옵션이 가득한 4년 34억 원 계약보다는 낮다며 애써 위로했다.

사인 후 박용택은 "팬들 덕분에 LG에 남을 수 있었다. 이렇게 응원해 주시고 남기를 바라는 우리 팬들을 등질 수는 없었다. 이번 계약은 모두 '팬 덕택'입니다"라고 자신의 별명을 추가했다. 수많은 스타가 몇억 원 차이로 유니폼을 갈아입는데, 박용택은 몇십억 원 대신 같은 유니폼을 선택했다.

당시도, 지금도 이례적인 결정을 한 박용택이다. 박용택 잔류에는 성공했으나 외부 최대어 영입에는 실패했다. 장원준은 두산 유니폼을 입었고 김강민은 SK에 남았다.

"팬들 덕분에 LG에 남을 수 있었다.
이렇게 응원해 주시고 남기를 바라는
우리 팬들을 등질 수는 없었다."

— 2014년 겨울 FA 계약을 맺은 박용택

# '우려했던 일이 현실로'
# 유망주를 찾아라

프로 무대에서 영원한 승자는 없다. 황금기 혹은 왕조를 구축했던 팀도 시간이 지나면 어려운 시기와 마주한다. 보통은 핵심 선수들이 나이를 먹고 기량이 떨어지는 시점과 맞물려 팀이 하향곡선을 그린다.

LG의 과제도 여기에 있었다. 주축 선수들의 연령대가 높았고 이들의 뒤를 이을 유망주 자원이 부족했다. 육성을 등한시한 것은 아니었다. 2014년 여름, 경기도 이천에 부지를 매입해 1000억 원이 넘는 거액을 들여 2군 시설을 새롭게 구축했다. 육성 인프라만 보면 10개 구단 중 최고였다.

하지만 하드웨어에 비해 소프트웨어가 빈약했다. 육성 시스템이 자리 잡지 못했고, 1군과 2군의 연결고리도 단단하지 못했다. 야수진에서 오지환, 투수진에서 우규민을 제외하면 1군에 연착륙해 꾸준히 발전하며 핵심 선수로 올라서는 경우가 없었다.

양상문 감독 또한 이 부분을 우려했다. 그래서 LG 지휘봉을 잡은 시점부터 두 가지 시나리오를 가슴속에 품었다. 팀이 반등하지 못하면 시즌 후반에는 젊은 선수들에게 전폭적으로 기회를 줄 계획이었다. 과거 롯데 감독 시절 그랬던 것처럼 전면 리빌딩을 각오했다.

물론 2015시즌을 준비하는 시점에서 목표 지점은 다른 데에 있었다. 2014년 후반기 모습을 유지해 3년 연속 가을 야구를 바라봤다. 오지환이 골든글러브급 유격수로 올라서고, 정찬헌, 유강남 등 20대 중반 선수들이 도약하면 신구 조화도 가능하다고 봤다.

기대와 불안을 두루 안고 2015시즌을 준비했는데 뚜껑을 여니 불안 요소부터 터져나왔다. 메이저리그 경력을 자랑하는 내야수 잭 한나한은 캠프부터 부상으로 제대로 훈련도 소화하지 못했다. 우려했던 대로 한나한은 4월까지 한 경기도 나오지 못했고, 우규민과 류제국 토종 선발진 두 기둥도 부상으로 5월에나 복귀가 전망되었다.

그래도 4월까지 5할 승률로 버텼다. 임정우, 장진용, 임지섭 등 대체 선발 자원이 로테이션을 돌았다. 기복은 있었지만 헨리 소사와 루카스 하렐이 이닝을 꾸준히 소화했다. 선발진이 안정되는 5월에는 치고나갈 수 있다고 봤다.

결과는 반대였다. 선발진은 완전체가 되었지만 다른 부분에서 톱니바퀴가 맞지 않았다. 한나한은 기대했던 3루수로는 한 경기도 뛰지 못하고 시즌 초반에 미국으로 돌아갔다. 2014년 커리어 하이를 보낸 7번 이병규도 2년 연속 활약하지 못했다.

무엇보다 늘 듬직했던 베테랑들이 하향 곡선을 그렸다. 이병규와 이진영 모두 이름 석 자와 어울리지 않은 저조한 타율을 기록했다. 베테랑 4인방 중 박용택 홀로 건강했고 꾸준했다. 마무리 투수 봉중근 또한 힘든 한 해를 보냈다. 이처럼 LG를 대표하는 얼굴들이 커다란 내림세를 보였다.

주축 선수들의 컨디션 난조와 부상 이탈이 반복되면서 5월 8승 17패 1무에 그쳤다. 이후 6월을 제외하면 월 승률 5할 이하에 머물렀다. 시즌 후반 목표로 삼은 3년 연속 포스트시즌 진출이 일찍이 무산되는 모양새였다.

KBO리그는 2015년부터 10개 구단, 144경기 체제로 진행되었다. 경기 수가 늘었고 월요일을 제외한 주 6일 동안 5경기가 일제히 진행된다. 2013년과 2014년 9구단, 128경기 체제에서는 한 팀이 나흘 동안 휴식을 취했는데, 베테랑이 많은 LG는 9구단 체제에서 수혜자였다. 4일 휴식기를 고려해 팀을 운영했고, 관리도 순조로웠다.

경기 수가 늘고 휴식기도 사라지자 30대 선수들에게 이상 신호가 감지되었다. 트레이닝 스태프로부터 전달받는 부상 보고서에 감독과 코치는 고민을 피할 수 없었다. 선수층이 두껍지 않으면 144경기 레이스에서 생존은 불가능하다.


2015년 LG는 단 한 차례도 3위 이상에 자리하지 못했다. 5월부터 9위로 추락했고 시즌 끝까지 그 자리에 머물렀다. 시즌 중반 SK와 트레이드를 통해 진해수, 여건욱, 임훈 등을 영입했으나 반전 요소는 아니었다.

후반기부터 노선을 변경했다. 유강남이 사실상 주전 포수를 맡았고 마무리 투수를 임정우로 교체했다. 당시 신인이었던 양석환, 아직 잠재력을 터트리지 못한 채은성 등이 꾸준히 타석에 섰다. 오늘 패배가 내일 승리하는 씨앗이 되기를 기대했다.

★ 시즌 전적 64승 78패 2무 | 승률 0.451 | 정규 시즌 9위

★ 전반기 38승 48패 1무 　　　　★ 후반기 26승 30패 1무

★ 팀 타율 0.269(9위) 　　　　★ 팀 OPS 0.738(9위)

★ 팀 평균 자책점 4.62(2위) 　　　　★ 선발 평균 자책점 4.57(2위)

★ 중간 평균 자책점 4.75(5위)

★ 주요 선수 오지환(WAR 6.57), 우규민(WAR 4.95), 소사(WAR 4.23),

　류제국(WAR 2.37), 히메네스(WAR 2.37), 루카스(WAR 2.34), 박용택(WAR 2.24),

　7번 이병규(WAR 2.24), 윤지웅(WAR 1.78), 정성훈(WAR 1.47)

# '영원한 굿바이'
# 한 시대의 마침표를 찍다

KBO리그는 2011년 11월부터 격년제로 2차 드래프트를 진행하고 있다. 2019년 11월까지 총 다섯 차례 열렸고, 이후 폐지되었다가 2023년 11월 다시 2차 드래프트를 계획했다.

2차 드래프트의 취지는 '기회'다. 현재 소속팀에 출전 기회를 받지 못하는 선수들에게 이적을 통한 기회를 주고자 구단들이 한자리에 모여 보호 명단에서 제외된 선수들을 지명한다.

첫 번째 2차 드래프트에서 LG는 내야수 김일경과 최동수, 외야수 윤정우를 지명했다. 윤정우를 제외하면 모두 베테랑이었다. 당시 김기태 감독은 지명 사유에 대해 이렇게 말했다. "창피한 경기를 할 수 없어 바로 우리 팀에 도움이 될 수 있는 선수들을 지명했다." 시계를 2011년 11월로 돌리면 이해할 수 있는 발언이었다. 꼴찌 후보로 꼽혔고 전력 보강은커녕 굵직한 선수들의 이적만 연이어 발생한 시기였으니 말이다.

하지만 4년이 지난 2015년 11월 2차 드래프트에서 LG의 상황은 좀 달랐다. 이미 리빌딩 시작점을 찍었기 때문에 베테랑을 영입할 이유가 없었다. 2차 드래프트에서 아직 터지지 않은 젊은 유망주 지명이 예상되었다.

그러나 결과적으로 LG 지명 결과에 앞서 LG에서 다른 팀으로 이적한 선수가 2차 드래프트 주인공이 되었다. '국민 우익수'라는 별명과 함께 2009년부터 LG에서 활약해 온 국가대표 출신 외야수 이진영이 2차 드래프트 전체 1순위로 KT에 지명된 것이다. 2014년과 2015년 LG 주장을 맡았던 그가 순식간에 KT 선수가 되었다. 이는 LG가 이진영을 40인 보호선수 명단에서 제외했음을 의미한다. 그러면서 2차 드래프트 역사상 초유의 국가대표 출신 스타 지명과 이적이 이뤄졌다.

갑자기 나온 결과는 아니었다. 어느 정도 계획된 일이기도 했다. 양상문 감독은 2015시즌 중 따로 만난 자리에서 "베테랑 네 명은 너무 많다고 생각하지 않나. 이제는 젊은 선수에게 기회를 주어야 하는데 네 명을 모두 기용하기는 어렵다"라고 말한 바 있다.

나도 이 의견에 동감했다. 혹자는 자연스러운 리빌딩을 얘기

한다. 그러나 리빌딩이라는 단어에 이미 인위적인 부분이 내포되어 있다. 양상문 감독은 과거 롯데 감독 시절에도 리빌딩을 단행하며 롯데 최고 인기 스타였던 박정태를 대신해 젊은 선수들에게 꾸준히 기회를 부여했다.

2차 드래프트에 앞서 LG는 몇 차례 이진영 트레이드를 물색하기도 했지만, 카드가 맞지 않았다. 어느 정도 카드가 맞다가도 상대 팀에서 연봉 보조를 요구하면서 트레이드가 무산되었다. 이진영은 2013년부터 2016년까지 LG와 두 번째 FA 계약을 맺은 상황이었다. 2015시즌 중 트레이드를 했다면 LG는 2016년까지 이진영 연봉의 일정 금액을 부담한다.

트레이드가 무산되었고 LG는 고민 끝에 이진영을 2차 드래프트 보호선수 명단에서 제외하기로 했다. 과거 베테랑 선수들과 꾸준히 충돌이 있었던 것을 돌아보며 프런트 고위 관계자가 먼저 이진영에게 이러한 사실을 전했고, 이진영 또한 이를 받아들였다.

2차 드래프트 결과가 발표된 2015년 11월 27일, 이진영은 늘 그랬듯 잠실구장 실내 훈련장에서 땀을 쏟았다. 이적을 예상하면서도 자신만의 루틴을 지키며 프로다운 모습을 보였다. 2차 드래프트 결과가 나온 후에는 LG 선수단, 프런트 직원들과 작별 인사를 나눴다. 수치스럽고 잔인한 이별 통보로 느낄

수 있지만 이진영은 늘 그랬듯 유쾌했다. 전화 통화에서 어두운 분위기를 원치 않았는지 "메리 크리스마스"라며 전화를 받았다.

이병규, 박용택, 이진영, 정성훈으로 구성된 베테랑 4인방 해체에 시작점이 찍혔다. 대안이 없는 것은 아니었다. 양상문 감독은 채은성, 이천웅, 이형종, 안익훈 등이 앞으로 LG 외야진을 책임질 것으로 내다봤다. 2차 드래프트에 앞서 마무리 캠프를 진행하면서 채은성, 이천웅, 이형종의 타격에 대해 확신을 보이기도 했다.

새 출발을 다짐한 만큼 FA 시장에서 이렇다 할 움직임은 없었다. FA가 된 이동현과 계약을 맺었고, 베테랑 포수 정상호를 영입했다. 미래 주전 포수로 유강남을 낙점했지만 정상호가 합류해 부담을 덜어주는 게 결국에는 유강남이 빠르게 도약하는 길이라고 판단했다.

# 성장하는 젊은 피,
# 그리고 이병규 딜레마

2016시즌을 앞두고 LG에 대한 전망은 중위권이었다. 2015년에는 9위에 그쳤지만, 여전히 강한 마운드를 주목하는 시선이 많았다. 소사와 함께 할 건실한 외국인 투수를 영입하고 재계약한 외국인 타자 루이스 히메네스가 기대에 걸맞은 모습을 보이면 충분히 포스트시즌을 노릴 수 있다는 예상이었다.

핵심은 역시 새로운 주역이 될 20대 선수들의 성장이었다. 채은성, 이천웅, 이형종, 양석환 중 세 명 이상이 주전으로 발돋움한다면, 그리고 공석이 된 마무리 투수 자리를 임정우 혹은 정찬헌이 메운다면, 군 복무를 마치고 돌아온 임찬규가 선발진 한자리를 꿰찬다면, LG는 다시 가을 야구 무대에 오를 수 있다.

스프링 캠프에 앞선 주장 투표에서 류제국이 압도적인 득표를 받으며 새 캡틴이 되었고, 캠프 기간에 코치와 선수가 하루를 보내는 이색 미션이 진행되었다. 젊은 선수들이 보다 자유롭게 움직이도록 팀 내 규정도 바뀌었다.

시작은 강렬했다. 2016년 4월 1일, 오랜만에 개막전을 홈구장인 잠실에서 치렀는데 한화와 개막 시리즈를 싹슬이하는 쾌거를 이뤘다. 그 과정 또한 짜릿했다. KBO리그 역사상 처음으로 개막 2연전 연장 끝내기 승리를 거뒀다. 하지만 기복도 보였다. 처음으로 주전으로 나서는 선수들이 많은 만큼 매 경기 요동치는 모습이었다. 6월 초까지는 5할 승률을 사수하다가 결국 하위권으로 추락했다.

리빌딩에 대한 여론이 좋을 수 없었다. 무엇보다 LG를 대표해 온 슈퍼스타 이병규가 2군에만 자리하고 있는 데에 많은 이들이 물음표를 던졌다. 이병규가 2군에서 고전하고 있다면 명분이 선다. 그런데 이병규는 퓨처스리그(KBO 2군 리그)에서 4할 타율을 유지했다. 젊은 선수들이 슬럼프에 빠진 위기에서 이병규가 1군에 올라와 해결사가 될 수 있다.

하지만 양상문 감독은 꿈쩍도 하지 않았다. 취재진과 인터뷰에서 "박용택을 기용하기 위해서는 이병규를 쓸 수 없다. 지명타자는 한 자리밖에 없지 않나. 둘 중 한 명만 뛸 수 있지 공존은 불가능하다"고 못 박았다.

2016년에도 LG는 타선에서 박용택과 정성훈이 큰 부분을 차지했다. 박용택은 타율 0.346, OPS 0.870, 정성훈은 타율 0.322, OPS 0.815로 활약했다. 타선이 침체되었을 때 이병규의 이름을 떠올리는 것은 당연한 일이었다. 박용택이 지명 타자뿐이 아닌 좌익수로도 이따금 출전한 것을 고려하면 박용택과 이병규의 공존이 마냥 불가능하지도 않았다.

베테랑 한 명을 주전으로 기용하면 유망주가 뛸 자리 하나가 사라지기에 리빌딩에는 꽤 많은 인내가 필요하다. 그해 채은성 또한 타율 0.313, OPS 0.809로 성장한 모습을 보였다. 이천웅은 타율 0.293, OPS 0.778, 이형종은 타율 0.282, OPS 0.737로 가능성을 보였다. 미래에 비중을 두기로 한 감독으로서는 입장을 번복하는 것도 쉽지 않은 일이었다.

결국 2016년이 이병규에게 프로 마지막 시즌이 되었다. 시즌 내내 2군에 있었던 이병규는 정규 시즌 마지막 경기에 맞춰 1군에 올라와 대타로 타석에 서서 '이병규다운' 안타를 터트렸다. 그의 최종 해 타율 1.000. 영원할 것 같았던 적토마의 질주가 막을 내렸다.

# 슈퍼 에이스 허프 영입,
# 미래가 '다시' 보인다

　전반기를 8위로 마친 LG는 7월 초 외국인 투수 교체를 단행했다. 이렇다 할 모습을 보이지 못한 스캇 코프랜드에게 이별을 고하고 데이비드 허프를 데려왔다. 허프는 지금까지 LG가 영입한 외국인 투수 중 가장 굵직한 경력을 자랑했다. 메이저리그 진입 첫 해 선발 투수로서 두 자릿수 승을 기록했다. 좌투수에 빼어난 제구를 자랑하는 만큼 오랫동안 빅리그에서 경력을 이어갔다.

　LG는 언젠가는 허프가 아시아 무대를 바라볼 것으로 예상했다. 외국인 선수 담당자가 무려 5년 동안 허프를 지켜봤고 에이전트와 긴밀한 관계를 유지했다. 2016년 7월 허프가 LA 에인절스에서 방출되자 LG 담당자와 허프의 에이전트는 뜻이 통한 듯 서로 메시지를 주고받았다. 일본 구단과 KBO리그 다른 구단에서도 영입을 원했는데 허프 에이전트는 오랫동안 LG가 보여준 관심에 보답해야 한다며 LG로 이적을 진행했다.

기대는 현실이 되었다. 허프는 시속 150km 포심 패스트볼을 스트라이크존 끝에 걸쳐 넣었다. 상대 타자의 몸쪽과 바깥쪽을 자유롭게 활용했고 결정구 체인지업 또한 위력적이었다. 꾸준히 수준급 외국인 투수를 영입해 온 LG에서 허프만큼 임팩트가 강했던 투수는 없었다. 누가 봐도 슈퍼 에이스 그 자체였다.

기본적으로 등판하면 7이닝을 소화했다. 불펜진 부담을 덜었고 지속적으로 팀이 승리할 기회를 만들었다. 13경기, 74.2이닝을 소화하며 7승 2패, 평균 자책점 3.13. 평균 자책점이 아주 낮지는 않지만 WHIP(이닝당 출루 허용률) 1.09로 빠르게 경기를 진행시켰다.

어느 팀과 붙어도 밀리지 않는 에이스가 합류하면서 팀 전체가 날개를 달고 펄펄 날았다. 류제국도 후반기에 맹활약하며 LG는 '허프-소사-류제국-우규민'으로 4선발 체제를 완성했다. 임정우가 마무리 투수로 연착륙했고 김지용도 필승조로 도약했다. 포스트시즌에 진출했던 2013년, 2014년 못지않은 마운드를 완성해 다시 틀어막는 야구를 펼쳐 보였다.

기복을 겪었던 타자들도 무섭게 맹타를 휘둘렀다. 늘 수비에 비해 공격이 아쉬웠던 오지환은 후반기 타율 0.325, 14홈런, OPS 1.022로 괴력을 발휘했다. 좀처럼 채워지지 않았던 리드오프lead off(1번 타자) 자리를 김용의가 후반기 타율 0.345, 출루율 0.411로 꿰찼다.

후반기 37승 26패 1무, 승률 0.587. 후반기 성적만 놓고보면 독주 체제를 이룬 두산에 이은 2위였다. 전반기와 완전히 다른 팀이 되었고 4위로 다시 가을 야구 무대에 올랐다.

포스트시즌 첫 무대는 5위 KIA와의 와일드카드 결정전. 양 팀은 포스트시즌 역사에 남을 명승부를 벌였다. 1차전 허프와 헥터 노에시의 외국인 에이스 대결에서는 2-4로 KIA 승리. 하지만 2차전 류제국과 양현종의 토종 에이스 대결에서 LG가 1-0으로 신승했다. 9회 말 김용의의 끝내기 희생 플라이로 한국시리즈와 같았던 와일드카드 결정전에 마침표가 찍혔고 LG는 준플레이오프 무대에 올랐다.

넥센과 마주한 준플레이오프도 거침이 없었다. 1차전을 7-0으로 완승하고, 2차전은 4-5로 패했으나, 고척돔에서 잠실로 무대를 옮긴 3, 4차전을 모두 가져가면서 시리즈 승리를 거뒀다. 4차전에서 믿었던 류제국이 2회까지 4실점을 하며 흔들렸는데, 양상문 감독은 조기에 불펜진을 투입했고 5-4 역전승을 거뒀다. 8회에 오지환이 결승타를 터트리고, 9회에서 임정우가 세이브를 올리며 현재보다 밝은 미래를 예고했다.

두 번의 포스트시즌 시리즈를 통과한 LG는 두려움을 잊은 채 마산으로 향했다. 그리고 NC와 플레이오프 1차전 8회 초 정상호의 솔로포가 터지는 순간까지만 해도 한국시리즈가 눈 앞으로 다가온 것 같았다.

그러나 9회 말 젊은 필승조가 한계를 노출했다. 승리까지 아웃 카운트 3개를 남겨두고 임정우가 실점하며 흔들리는 모습을 보였고, 1-2로 NC가 추격하자 임정우의 뒤를 이어 김지용이 등판했다. 김지용은 베테랑 이호준에게 간파당한 듯 동점 적시타를 맞았다. 그리고 용덕한의 끝내기 안타로 2-3 패배. LG의 기세가 9회 말 3실점으로 한순간에 꺾였다.

1차전 역전패 충격은 2차전으로 고스란히 이어졌다. 2차전에서 한점도 뽑지 못하며 0-2로 무기력하게 경기를 내줬다. 잠실구장으로 무대를 옮긴 3차전은 11회 연장 끝에 2-1로 이겼지만, 4차전에서 3-8로 완패하며 또 한 시즌의 마지막과 마주했다.

2013년, 2014년에 이어 이번에도 2승이 모자라 한국시리즈에 오르지 못했지만 그래도 높은 점수를 줄 수 있는 시즌이었다. 젊은 선수 위주로 팀을 재편했음에도 긴 가을 야구를 경험

했다. 암흑기 시절 과정과 결과 모두 제대로 이뤄지지 않았던
리빌딩이 성공을 향했다.

---

**2016시즌 LG 트윈스** ▼ 🔍

★ 시즌 전적 71승 71패 2무 | 승률 0.500 | 정규 시즌 4위
.......................................................................

★ 전반기 34승 45패 1무            ★ 후반기 37승 26패 1무
.......................................................................

★ 팀 타율 0.290(6위)              ★ 팀 OPS 0.778(9위)
.......................................................................

★ 팀 평균 자책점 5.04(6위)        ★ 선발 평균 자책점 5.25(5위)
.......................................................................

★ 중간 평균 자책점 4.88(3위)
.......................................................................

★ 주요 선수 히메네스(WAR 5.36), 오지환(WAR 4.44), 류제국(WAR 3.70),

  박용택(WAR 3.19), 소사(WAR 2.63), 손주인(WAR 2.17), 허프(WAR 2.07),

  임정우(WAR 2.06), 김용의(WAR 1.98), 김지용(WAR 1.92)
.......................................................................

★ 포스트시즌 와일드카드 KIA전 시리즈 전적 1승 1패
.......................................................................

★ 준플레이오프 넥센전 시리즈 전적 3승 1패
.......................................................................

★ 플레이오프 NC전 시리즈 전적 1승 3패
.......................................................................

"젊은 친구들과의
경쟁은 늘 즐겁다.
즐겁게 도전에 임하겠다."

— 2016년 스프링 캠프 시작점에서 박용택

# 긍정적인 출발,
# 부족했던 뒷심

2013년부터 2016년까지 한 번을 제외하고 세 시즌을 플레이오프까지 올랐다. 이 말은 정상 무대까지 그리 멀지 않았는데 시즌 후 이렇다 할 전력 보강이 없었다는 뜻이다. 프런트도 이번에는 달라져야 한다고 다짐했다. 긴 시간 프런트를 지휘했던 백순길 단장에서 송구홍 단장 체제로 수장이 바뀌었고 모그룹도 힘을 실어주듯 FA 최대어 영입을 지원했다.

이번에도 최상급 선수가 많았다. 김광현, 양현종, 최형우, 차우찬, 그리고 LG에서 5년 동안 선발진 한 축을 맡아 활약한 우규민도 FA 자격을 얻고 시장에 나왔다. 최고 거물은 해외 리그 생활을 마치고 KBO리그 복귀를 고려하는 이대호였다.

현실적으로 LG에 필요한 포지션은 선발 투수였다. 유독 선발 투수 육성에 애를 먹기도 했고, 유망주들을 돌아봐도 당장 선발 로테이션을 돈다고 확신할 만한 선수가 보이지 않았다. 그래서 LG는 차우찬을 선택하며 역대 구단 FA 계약 최대 규모인 4년 95억 원을 투자했다. 95억 원이 온전히 보장된 계약으로 성적에 따른 성과 보수까지 더하면 100억 원이 넘었다.

물론 LG 홀로 거액을 쏟아부은 것은 아니었다. 롯데는 이대호 복귀에 4년 150억 원, KIA는 최형우 영입에 4년 100억 원을 들였다. 당시 수술로 재활 중이었던 김광현 또한 SK와 4년 85억 원에 사인했다. 우규민은 4년 65억 원에 삼성으로 이적했고, FA 자격을 얻은 봉중근은 2년 15억 원, 정성훈은 1년 7억 원에 재계약했다.

허프, 소사와 트리오를 이룰 든든한 토종 이닝 이터inning eater(선발 투수로 뛰면서 긴 이닝을 소화하며 불펜의 과부하를 막는 투수)가 있다면 더 좋은 성적을 낼 것으로 내다보면서 차우찬을 영입했다. 두산이 2014년 겨울 장원준을 영입한 후 2년 연속 한국시리즈 우승을 차지한 것도 LG의 결정에 적지 않은 영향을 끼쳤다. 차우찬이 LG 유니폼을 입으면서 몇 년 동안 이뤄지지 않은 왼손 선발 투수 쇼핑에 성공했다.

시즌 전 전망은 플레이오프에 진출한 다음 해인 2014년, 2015년 보다 긍정적이었다. 두산의 한국시리즈 3연패를 저지

할 후보로 꼽혔다. 두산, KIA, LG를 3강으로 보는 전문가도 많았다.

정규 시즌 개막 6연승을 질주할 때까지만 해도 정상 등극이 현실도 다가오는 것 같았다. 그런데 준비 과정이 순탄치 않았다. 에이스 허프가 개막을 눈앞에 두고 부상으로 이탈, 복귀까지 한 달 이상이 걸렸다.

여기서 끝이 아니었다. 더 큰 악재는 불펜이었다. 2016년 마무리 투수로 도약한 임정우가 2017 WBC 대표팀에 승선했다가 부상으로 낙마했다. 오키나와 전지훈련에서 어깨 통증을 느꼈는데, 이후 임정우는 8월에나 1군 마운드에 올랐다.

임정우의 대안을 찾는 게 굵직한 과제가 되었지만 시즌 내내 이 문제를 속 시원하게 해결하지 못했다. 집단 마무리 체제를 선택해 신정락, 정찬헌, 이동현, 김지용 등이 상황에 맞춰 세이브를 올렸다. 상대 타선과 불펜진 컨디션을 고려해 3연전마다 마무리 투수를 비롯한 불펜 운영 방향이 바뀌었다. 결과적으로 LG는 블론 세이브 18개를 기록하며 이 부문 최다 공동 4위가 되었다. 팀 평균 자책점은 4.30으로 1위였으나 선발진(평균 자책점 4.11)에 비해 불펜진(평균 자책점 4.71)이 약했다.

2016년 히메네스의 활약으로 더 이상 고민하지 않을 것 같았던 외국인 타자 문제도 다시 마주했다. 히메네스는 타석에서 한계를 드러냈고 부상까지 당하며 LG에서 보낸 2년의 세월을 마무리했다. 대체자로 메이저리그에서도 큰 주목을 받았던 1루수 제임스 로니를 영입했는데 결과는 최악이었다. 부진했던 것도 문제지만 코칭 스태프와 의사소통이 제대로 이뤄지지 않으며 무단으로 팀을 떠나 미국으로 돌아갔다. 이미 반년을 쉰, 준비가 되지 않은 선수를 이름값만 보고 영입한 게 실패로 돌아왔다.

리빌딩 주역이 될 것으로 기대한 외야수들도 2016년에 비해 크게 발전하지 못했다. 이천웅, 이형종, 채은성 모두 2017년 타격 지표가 2016년보다 떨어졌다. 선수가 경험을 쌓는다고 늘 우상향 곡선을 그릴 수는 없지만 셋 다 우하향하는 모습은 예상하지 못한 부분이다.

성적도 올리고 육성도 이루는 청사진을 그렸지만 실현되지 않았다. 선수 명단도 자주 바뀌고 대타 출장도 빈번했는데 딱히 성과가 없었다. 2017년 LG에서 상수로 놓을 타자는 늘 그랬듯 박용택과 정성훈 정도였다. 그리고 유강남이 공수가 두루 뛰어난 포수로 성장하고 있는 게 위안이었다.


8월 19일 기준 56승 51패 1무 승률. 0.523 승패, 마진 플러스 5. 순위표에서 4위에 자리했다. 그래도 포스트시즌 진출은 이룰 것으로 봤다. 전반기를 마친 시점에서 구단주 대행도 계약 마지막 해인 양상문 감독에게 미래를 보장하는 듯한 말을 건넸다.

하지만 뒷심이 부족했다. 허프-소사-차우찬으로 이어지는 수준급 선발 트리오를 구축했음에도 6위로 정규 시즌을 마쳤다. 일찍이 포스트시즌 진출이 좌절된 채 쓸쓸하게 한 해를 마무리했다.

---

## 2017시즌 LG 트윈스　　　　　　　▼　　🔍

★ 시즌 전적 69승 72패 3무 | 승률 0.489 | 정규 시즌 6위

............................................................................................

★ 전반기 41승 40패 1무　　　　　　　　★ 후반기 28승 32패 2무

............................................................................................

★ 팀 타율 0.281(7위)　　　　　　　　　★ 팀 OPS 0.748(9위)

............................................................................................

★ 팀 평균 자책점 4.30(1위)　　　　　　★ 선발 평균 자책점 4.11(1위)

............................................................................................

★ 중간 평균 자책점 4.71(4위)

............................................................................................

★ 주요 선수 허프(WAR 4.96), 차우찬(WAR 4.23), 소사(WAR 4.17),

박용택(WAR 3.70), 오지환(WAR 2.74), 이형종(WAR 2.71),

유강남(WAR 2.56), 양석환(WAR 1.65), 진해수(WAR 1.35), 임찬규(WAR 1.34)

............................................................................................

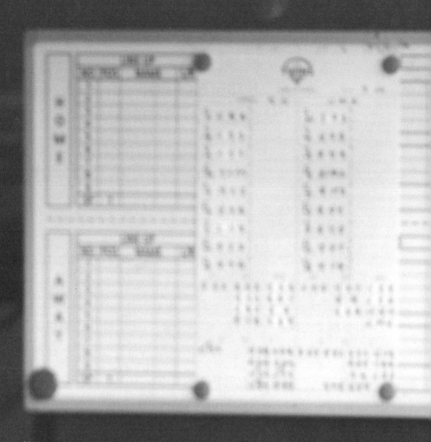

"야구인이라면 누구나
LG 트윈스 감독을 꿈꾼다."

— 2018시즌 LG 사령탑으로 부임한 류중일 감독

# 세대교체와 함께
# '우승 청부사' 입성하다

처음으로 프런트를 지휘한 송구홍 단장은 자신의 임무에 어려움을 호소하곤 했다. FA, 외국인 선수, 코치 영입, 트레이드, 신인 드래프트, 젊은 선수 군 복무 계획, 그리고 육성 시스템 정착까지 너무 일이 많아 벅차다는 의견을 꾸준히 전했다. 현장에서 선수들을 지도하는 코치로 돌아가고 싶다는 의사를 넌지시 건네기도 했다.

결국 그는 딱 한 시즌만 단장직을 수행했다. 마지막 미션은 감독 선임이었다. 양상문 감독의 계약 기간이 종료되는 가운데 팀을 정상에 올릴 수 있는 적임자를 찾았다. 2011년부터 2015년까지 5년 연속 페넌트레이스 우승, 2011년부터 2014년까지 4년 연속 한국시리즈 우승으로 삼성 왕조를 구축한 류중일 감독을 모그룹에 추천했다. 덧붙여 타 구단과 영입 경쟁이 있을 수 있다고 예상했다.

정규 시즌 최종일인 10월 3일에 앞서 일사천리로 류중일 감독 선임을 결정했다. 10월 1일에 류중일 감독과 계약에 합의했고, 감독 또한 다음날부터 함께 할 코치들에게 전화를 돌렸다. 더불어 모그룹은 양상문 감독과 약속도 지켰다. 감독은 아니지만 프런트를 지휘하는 단장을 맡았다. 송구홍 단장은 원했던 대로 선수들을 지도하는 2군 감독이 되었다.

FA 시장이 열리고 양상문 단장은 목표를 뚜렷이 잡고 움직였다. 감독으로 공격력 부재를 체득한 만큼 수준급 타자를 영입하기로 결정했다. 손아섭, 황재균, 메이저리그에서 돌아오는 김현수 등 전성기 구간에 들어서는 타자들을 응시했다.

셋 중 두 명을 영입하는 야심 찬 계획도 세웠는데 시장은 한층 더 과열되었다. 손아섭이 최대 98억 원에 롯데 잔류, 메이저리그에 도전했던 황재균은 88억 원에 KT로 이적했다. 양상문 단장은 시장 가치가 가장 높고 두산 시절 잠실구장을 홈으로 사용하며 활약한 김현수에게 115억 원을 투자했다. 류중일 감독과 긴 시간을 대화하며 새 시즌 계획을 세웠고 기존 외야수들에게 마냥 기댈 수는 없다는 결론을 내렸다.

세대교체에는 마지막 방점을 찍었다. 정성훈에게 재계약을 제안하지 않으면서 정성훈은 KIA로 이적했다. 그동안 2루수로 활약한 손주인은 2차 드래프트를 통해 삼성으로 돌아갔다. 베테랑 4인방 중 박용택만 남아 지명타자 골든글러브를 수상했고, 만 38세에도 여전히 특급 활약을 펼쳤다. wRC+(조정 득점 생산력) 140.1로 2009년 이후 타자로서 가장 뛰어난 퍼포먼스를 선보였다.

# 롤러코스터와 두산 포비아,
# '만약에' 늪에 빠지다

삼성 왕조 핵심 투수에 이어 라이벌 팀의 상징이었던 타자를 영입했다. LG 홀로 FA 시장에서 큰손 구실을 한 것은 아니지만 그래도 투자한 결과를 보여줘야 한다. 류중일 감독 또한 3년 총액 21억 원으로 사령탑 최고 대우를 받았다. 최소 가을 야구 복귀는 이뤄야 하는 2018시즌이 되었다.

차우찬이 그랬던 것처럼 김현수도 캠프 기간 동안 빠르게 새 팀에 적응했다. 류중일 감독 또한 처음 마주하는 LG 선수들을 보고 선수들의 자세에 흡족한 미소를 지었다. 현역 시절 국가 대표 유격수였고 지도자로서 왕조를 이룬 만큼 LG에서도 영광을 재현하겠다고 각오를 다졌다. 2011년 이후 7년 만에 박용택이 다시 주장을 맡았다.

에이스 허프와 재계약이 불발되었지만 타일러 윌슨이 허프를 대신할 수 있다고 봤다. 외국인 타자로 다시 3루수를 선택해 마이너리그 시절 빼어난 타격을 뽐낸 아도니스 가르시아가 한국 땅을 밟았다.

코칭 스태프 구성에도 이런저런 변화가 있었다. 2016년 은퇴, 2017년에 화려한 은퇴식을 치른 이병규가 1군 타격 코치로 돌아왔다.


대형 타자 영입, 외국인 선수 보강과 레전드의 코치 귀환. 이제 마무리 투수와 주전 2루수만 갖추면 중상위권에 오르기 위한 마지막 퍼즐을 맞추는 셈이었다. 집단 마무리 체제가 실패한 만큼 이번에는 확실한 마무리 투수를 정할 필요가 있었다. 캠프를 통해 정찬헌이 9회를 책임지게 되었다.

개막전 2루수로는 강승호가 출전했다. 2013년 신인 드래프트 전체 3순위로 LG에 입단한 강승호는 좀처럼 잠재력을 터트리지 못했다. 정교함이 부족했는데 운동 신경이 뛰어났고 팀에 필요한 우타자로서의 힘도 지녔다. 키스톤 자리에서 오지환만큼 성장하면 더할 나위 없었다.

류중일 감독의 신조는 '야수진 베스트 9'을 확정 짓는 것이었다. 이전까지 옥석을 가리기 위해 다수의 젊은 선수들에게 기회를 줬다면 이제는 주전과 백업의 경계를 명확히 긋고 역할을 확실히 분배했다. 그 결과 채은성, 유강남, 이형종, 이천웅이 한 단계 더 도약했다. 이제는 어느 팀 주전과 비교해도 떨어지지 않는 기량을 뽐냈다.

특히 채은성은 타율 0.331, 25홈런, 119타점, OPS 0.927로 수준급 성적을 냈다. 김현수를 따라 웨이트 트레이닝에 전념해 기복 없는 시즌을 보냈다. LG 역대 한 시즌 최다 타점 기록을 달성했다. 2014년부터 양상문 감독의 자신을 향한 투자가 옳 았음을 증명해 냈다.

문제는 마운드, 더 자세히 바라보면 불펜이었다. 불펜 평균 자책점이 5.62로 9위였다. 정찬헌이 28세이브를 올렸으나 평 균 자책점 4.85, 피안타율 0.287, WHIP 1.54로 불안했다. 집단 마무리 체제에서 벗어나 블론 세이브는 조금 줄었으나 확실히 믿고 맡길 불펜 투수가 부족했다.

전력이 불균형했고 페넌트레이스 행보 또한 불안세를 보이 며 3연패로 시즌을 시작했다, 첫 10경기에서 3승 7패에 머물 렀다. 4월 11일 잠실 SK전부터 4월 15일 잠실 KT전까지 5연 승, 5할 승률을 넘어섰다가 3연패, 8연승 8연패를 거듭하며 그야말로 롤러코스터를 탔다.

5월 말까지 롤러코스터 행보를 보였고 이후 전력이 안정되어 승패 마진 플러스 10을 이뤘다. 강승호가 아닌 정주현이 주전 2루수로 올라선 것, 그리고 가르시아가 부상으로 이탈해 외국인 타자 잔혹사를 이어간 것을 제외하면 계획대로 야수진이 운영되었다.

문제는 불펜. 그리고 두산이었다. 정찬헌이 마무리 투수로서 만만치 않은 첫 시즌을 보냈고 다른 필승조 투수들의 기복도 심했다. 팀에서 가장 빠른 공을 던지는 2년 차 신예 고우석도 1군 연착륙이 쉽지 않았다. 2014년 1차 지명 임지섭 또한 상무 시절 2군에서 활약했던 모습을 재현하는 데 실패했다. 참 많은 투수가 시험대에 섰는데 누구도 불펜 투수로서 합격점을 받지 못했다. 불펜 강화를 위해 트레이드 마감일에 강승호를 SK로 보내고 문광은을 데려왔지만 별다른 소득은 없었다.

은퇴를 결정한 봉중근이 시즌 막바지 은퇴식에 앞서 후배 마무리 투수 정찬헌을 응원했다. 영화 같았던 2013년 10월 5일을 돌아보면서 이번에도 후배들이 영화를 만들기를 바랐지만, 현실로 이뤄지지 않았다.

라이벌 두산은 유독 높은 벽이었다. 객관적 전력에서 두산이 앞선 것은 맞지만 그래도 거짓말처럼 일방적으로 밀렸다. 상대전적 1승 15패라는 어처구니없는 결과와 마주했다. 0승 16패 위기까지 갔다. 10월 6일 정규 시즌 마지막 두산전에서 차우찬의 134구 완투 투혼으로 가까스로 1승을 챙겼다. 간신히 승리를 거둔 순간 포수 유강남이 밝게 미소 짓자 "웃을 일은 아닌 것 같다"라고 말했던 차우찬이었다.

정규 시즌 종료 시점에서 승패 마진 마이너스 7. 아시안게임에 출전한 후 복귀한 김현수가 다치지 않았다면, 제대로 된 외국인 타자를 영입했다면, 두산에 일방적으로 밀리지 않았다면, 8위라는 창피한 결과는 없었을 것이다. 그러나 가정은 의미가 없다. 최고 경력을 자랑하는 감독과 선수를 영입했음에도 뼈아픈 성적표를 받은 2018년의 LG였다.

| 2018시즌 LG 트윈스 | ▼ | Q |
| --- | --- | --- |

* 시즌 전적 68승 75패 1무 / 승률 0.476 / 정규 시즌 8위

* 전반기 48승 41패 1무                           * 후반기 20승 34패

* 팀 타율 0.293(3위)                              * 팀 OPS 0.798(6위)

* 팀 평균 자책점 5.29(6위)                        * 선발 평균 자책점 5.15(4위)

* 중간 평균 자책점 5.62(9위)

* 주요 선수 김현수(WAR 4.79), 채은성(WAR 4.73), 유강남(WAR 3.68),

  이형종(WAR 3.05), 오지환(WAR 2.83), 이천웅(WAR 2.41), 가르시아(WAR 1.53),

  박용택(WAR 1.38), 양석환(WAR 1.37), 정주현(WAR 0.85)

# 금메달에도 고개 숙인 오지환, 국민 스포츠의 명암

흔히 프로 야구를 두고 '국민 스포츠'라 부른다. 미국, 일본, 유럽에 비하면 프로 스포츠의 인기가 절대적이지는 않지만 그래도 프로 종목 중 야구의 인기가 가장 꾸준한 편이다. 특히 2008 베이징올림픽 금메달, 2009 WBC 준우승을 기점으로 야구의 인기가 폭발적으로 늘었다.

인기가 늘면 미디어 매체의 수요도 덩달아 늘어난다. 1990년 대까지만 해도 정규 시즌 프로 야구장 기자실에는 보통 네다섯 명의 기자가 자리했다. 21세기 들어 종이 신문이 아닌 온라인 뉴스로 미디어 환경이 급속도로 바뀌었고 매체 숫자도 기하급수적으로 증가했다. 2008년, 2009년을 기점으로 야구 인기가 폭발하자 야구장에 오는 기자 또한 서너 배 많아졌다.

나는 늘어난 야구 인기, 그리고 늘어난 매체의 수혜자다. 과거에 스포츠 신문사 입사는 '바늘구멍 통과하기'였다는데 운이 좋았다. 좋은 선임자도 꾸준히 만났다. 2011년《마이데일리》부터 2012년《OSEN》, 2017년《스포츠서울》로 회사를 옮길 때마다 늘 주위에 힘을 실어주는 선임자들이 있었다.

적지 않은 시간 야구 기자를 업으로 삼으면서 참 많은 기자를 만났다. 그런데 보통 이상한 기사를 쓰는 기자는 현장에 보이지 않는다. 2017년부터 야구 미디어를 더럽혀 놓은 '한 기자'는 단 한 번도 야구장에 찾아오지 않았다. 엄연히 야구 기자회에 소속된 매체임에도 불구하고 현장 취재 없이 하루에만 수십 개의 기사를 여기저기서 베끼면서 올렸다.

목적이 분명했다. 오직 조회수만 쫓았다. 비난받는 선수와 구단을 지정해 타 매체 기사를 '복붙'하고 편집해서 도배했다. 너무 '복붙'에만 열중했는지 기사 하단에 들어간 기자 이메일까지 그대로 붙여넣은 적도 있다. 막 입사한 초년 기자도 아니고 국장급 베테랑 기자가 창피한 짓을 자행했다.

아시안게임 야구 대표팀이 인도네시아 자카르타에 입국한 첫날부터 '그 기자'는 내가 기사에 넣은 선동열 감독 발언을 고스란히 '복붙'했다. 물론 그는 현장에 없었다.

2018 자카르타-팔렘방 아시안게임 전후로 그의 표적 중 하

나는 오지환이었다. 오지환의 아시안게임 야구 대표팀 선발과 부진한 경기를 주제로 삼아 셀 수 없을 정도로 많은 기사를 복사해 올렸다. 매일 자극적인 제목으로 오지환을 비난하는 데 앞장섰다.

선수도 기사를 본다. 아시안게임 당시 많은 선수가 대체 그가 누구인지 서로 물었다. 누구도 본 적이 없는 인물이니 그럴 만했다. 선수의 부진, 합리적이지 못한 대표팀 선발을 객관적인 시선으로 꼬집는 것은 큰 문제가 아니다. 문제는 사실상 다를 게 없는 기사들을 끝없이 자기 복제했고, 그 결과 거짓이 진실처럼 둔갑했다는 것이다.

그는 오지환의 대표팀 승선이 잘못된 결정이라고 비난했다. 오지환의 기량을 제대로 평가하지 못한 채 병역 혜택만 바라본 아시안게임 승선이라고 목소리를 높였고 전혀 관련이 없는 경찰 야구단 해체가 오지환 때문에 일어난 일이라고 주장했다.

이런 기사를 무한 반복하듯 올렸다. 한 달이 지나면 기사가 수백 개 쌓였다. '오지환' 세 글자를 걸고 난장판처럼 제목을 지었다. 자극적인 제목으로 조회수가 폭발했고 아시안게임 전후 3, 4개월 동안 많은 이들이 오해와 편견을 갖고 오지환을 바라봤다.

아시안게임 야구 대표팀은 3회 연속 금메달에 성공했지만 비난 여론을 의식해 고개 숙인 채 인천공항에 입국했다. 금메달을 옷 안에 숨긴 채 조용히 입국장을 빠져나왔다.

당시 오지환이 유격수 포지션에서 최고는 아니었다. 김하성이 더 뛰어난 성적을 올리고 있었고 대표팀 구성 초안도 주전 유격수 김하성, 멀티 포지션이 가능한 내야수 허경민이었다. 그런데 허경민이 100% 컨디션이 아니었다. 인도네시아의 덥고 습한 기후, 낮 경기가 연달아 열리는 일정 등을 고려해 유격수 포지션에 20대 젊은 선수 두 명을 넣기로 했다. 그 결과 김하성과 오지환이 나란히 승선했다.

두 번째 유격수를 논함에 있어서는 별다른 문제가 안 되었다. 대표팀 선발 당시 오지환은 기록으로 봐도 김하성 다음 유격수였다. 수비는 최고 수준이었다. 김하성이 3루와 2루도 맡을 수 있기 때문에 상황에 따라서는 둘을 공존시킬 수도 있었다.

현장에 나오지 않는 정체불명의 기자가 어처구니없는 논리로 이를 비난했다. 이 문제는 국정감사까지 번졌다. 엉망진창이 된 미디어 환경이 적나라하게 드러났다.

오지환은 몸을 숨겼다. 그라운드 위에서 플레이하는 모습은 매일 볼 수 있었지만 아시안게임 전후로 취재진과 거리를 뒀다. 아시안게임 후 야구 기자회가 그 매체의 현장 출입을 제한했는데 어차피 그는 야구장에 나오지 않는 사람이었다. 2018

년 겨울까지 참 부지런히 말도 안 되는 기사들을 썼다.

2019년부터 오지환은 꾸준히 기량이 향상되며 자신을 향한 편견을 지워나갔다. 과제로 꼽혔던 타석에서 생산력도 상승곡선을 그렸다. 2019년 12월, 매체와의 접촉을 피하던 오지환이 현장 취재 기자들과 만나 허심탄회하게 지난 일들을 털어놓았다. 2020년 처음으로 3할 타율을 기록했고, 2022년에는 25홈런으로 골든글러브 유격수가 되었다. 2022년부터는 주장을 맡아 LG 프랜차이즈 스타의 길을 걷고 있다.

"육성은 정말 자신이 있다.
LG가 육성을 통해 꾸준히
포스트시즌에 진출하도록 만들겠다."

— 2018년 11월 LG 프런트 수장이 된 차명석 단장

# 제대로 부는 변화의 바람,
# 야구 혁명에 동참하다

기술이 발전하며 야구가 참 많이 달라졌다. 심판 판정 하나하나에 비디오 판독이 들어간다. 처음에는 비디오 판독이 심판의 권위를 훼손한다고 주장했지만 심판과 비디오 판독은 자연스럽게 공존하고 있다.

선수의 평가 지표와 훈련 시스템도 완전히 달라졌다. '트래킹 데이터 시스템'으로 불리는 최첨단 장비를 통해 선수마다 다른 특성을 면밀히 분석하고 이를 육성에 적용한다. 선수가 던지는 공, 치는 공, 받는 공의 궤적이 현미경으로 바라본 것처럼 자세히 수치로 드러난다.

과거 선수를 평가할 때 "저 타자는 타구의 질이 달라", "저 투수는 공 끝이 좋아", "저 외야수는 유난히 공을 잘 쫓아가"라고 추상적으로 표현했다. 이제는 객관적인 숫자를 대입해 판단할 수 있다. 타구의 질은 발사 각도와 타구 속도가 적용된 '배럴barrel'이라는 개념이 적용된다. 투수의 공 끝은 회전수와 수직·수평 움직임으로 수치화된다.

야수가 타구를 잘 쫓고 잘 잡으며 잘 던지는 것도 OAA Outs Above Average와 같은 지표로 확인할 수 있다. OAA는 타구의 체공 시간, 야수가 공을 잡기 위해 이동하는 거리, 공을 잡기 위해 이동하는 방향 등을 모두 계산하고, 수비 퍼포먼스를 누적해서 숫자로 변환한다. 그야말로 그라운드에서 벌어지는 모든 동작을 분석할 수 있다.

이러한 변화는 메이저리그가 주도했다. 그리고 한국 야구도 고스란히 그 흐름을 따라갔다. KBO리그 구단은 2023년 기준 OAA를 제외한 지표를 모두 보유하고 있다.

그러나 2018년 겨울, LG는 아니었다. 몇 구단이 앞서 트래킹 데이터 시스템을 구축했지만 LG는 후발주자에 가까웠다. 미국과 일본, 그리고 한국까지 불어닥치는 야구 혁명에 LG는 동참하지 못했다.

정규 시즌 종료 일주일이 지난 시점, 대전에서 한화와 넥센의 준플레이오프 한창인 시기에 또 LG 단장이 교체되었다. 2013년 암흑기 탈출 주역이었던 투수 코치. 2015년 수석 코치로 돌아왔다가 다시 팀을 떠났던 차명석 해설위원이 LG 단장을 맡았다. 때마침 양상문 단장이 롯데와 감독 계약을 체결해 단장직이 또 공석이 되었는데 모그룹은 차기 적임자로 차명석 단장을 선택했다.

차명석 단장은 현재 야구 흐름을 정확히 캐치하고 있었다. 방송국에서 메이저리그 해설도 한 만큼 야구 혁명 과정과 결과를 이미 유심히 들여다봤다. 단장 부임 후 광폭 행보를 이어가면서 LG 또한 혁명에 동참했다.

가장 먼저 실행한 것은 전력 분석팀을 데이터 분석팀으로 재편해 트래킹 데이터 시스템을 구축하는 것이었다. 이천에 2군 최고 시설을 보유했음에도 지지부진한 유망주 육성의 원인이 무엇인지도 짚었다. 육성을 비롯해 구단 시스템을 완전히 갈아치우기 시작했다. 스카우트 팀(경기장에서 선수들의 플레이를 직접 보고 체크한다) 수장으로는 늘 묵묵히 업무를 수행해 온 백성진 팀장을 임명했다. 신인 드래프트에서 사장, 단장, 혹은 감독의 입김이 작용하지 않도록 스카우트 팀에 힘을 실었다.

1군 지원도 전폭적으로 나섰다. 양석환이 상무에 입대하면서 생긴 3루 공백을 메우는 것을 스토브리그 첫 목표로 설정했다. 박용택과 FA 재계약을 마친 후 시장 상황을 정확히 꿰뚫었다. 베테랑 3루수 김민성이 원소속팀 키움과 합의점을 찾지 못한 것을 파악하고 일찍이 영입 시나리오를 짰다.

2년 연속 모그룹에 크게 손을 벌린 상태라 100억 원대 FA 대어 영입은 불가능했다. 더불어 영입에 따른 보상 선수 유출도 고민이었다. 최대어는 아니었지만, 김민성이라면 최소 2년은 핫 코너hot corner(야구 경기의 3루를 가리키는 용어)를 책임질 것으로 내다봤다. 김민성과 키움이 끝까지 합의점에 도달하지 않을 때 움직이기로 했다.

차명석 단장의 예상은 적중했다. 키움은 김민성 없이 캠프를 진행했고 차명석 단장은 키움에 사인 앤드 트레이드를 제안했다. LG가 키움에 건네는 기회비용은 현금 5억 원. 김민성과 키움이 3년 12억 원에 계약을 맺은 후 키움은 LG로부터 5억 원을 받고 김민성을 LG로 보냈다.

외국인 선수 구성도 과감했다. 4년 동안 활약한 소사 측과 재계약 협상이 난항에 빠지자 시선을 돌렸다. 케이시 켈리의 성공을 확신하며 윌슨-켈리로 외인 원투펀치를 구성했다. 외국인 타자로는 토미 조셉을 낙점했다.

한 가지 과제가 더 남아 있었다. 2년 연속 LG의 발목을 잡은 불펜 문제도 해결해야 했다. 큰돈을 쓸 수 없었고 FA 시장에 수준급 불펜 투수도 없었다. 차명석 단장은 류중일 감독에게 코칭 스태프 변화를 건의했다. NC가 빠르게 강팀으로 자리매김하는 데 핵심 구실을 한 최일언 투수 코치를 영입했다.

겉으로 보면 굵직한 변화는 단장 교체 하나뿐이었지만 구단 내부에서는 변화와 진화의 바람이 강하게 불었다.

# LG표 화수분
# '루키 센세이션'

2019년 스프링 캠프에서 류중일 감독은 흐뭇한 미소를 감추지 못했다. 투수들의 불펜 피칭을 바라볼 때 특히 그랬다. 이제 막 입단한 신인 정우영이 뱀처럼 움직이는 공을 꾸준히 스트라이크존에 넣었다.

LG가 2019년 신인 드래프트 2라운드에서 정우영을 지명했을 때만 해도 많은 이들이 물음표를 던졌다. 신체 조건이 뛰어나고 유연성도 지녔지만 최고 구속이 시속 140㎞ 내외에서 형성되었다. 3라운드 혹은 4라운드 후보로 꼽힌 선수가 훨씬 앞에서 이름이 호명되었다.

하지만 LG 스카우트팀은 정우영의 잠재력을 주목했다. 꾸준히 구속도 향상되고 있었기에 프로 입단 후 구속은 문제되지 않을 것으로 내다봤다. 수많은 고교 유망주 투수들이 프로 입단에 앞서 이런저런 부상을 달고 있는데 정우영에게는 부상 이슈가 전혀 없었던 것도 플러스 요인이 되었다.

정우영은 스프링 캠프 실전부터 두각을 드러냈다. 2018년 우승팀 SK와 경기에서 강타자들을 빠르게 돌려세웠다. 개막 일주일도 지나지 않은 시점에서 필승조로 합류했다. 시즌 중반 부침을 겪기는 했지만 막바지에 페이스를 되찾았다. 1997년 이병규이후 22년 만에 마침내 LG에서 신인왕이 탄생했다.

신인 중 정우영 홀로 도약한 것은 아니었다. 구본혁, 강정현, 한선태도 입단 첫해부터 1군 무대에 올랐다. 사실 꽤 오래전부터 이런 모습을 원했다. 백순길 단장 시절, 두산의 화수분 야구를 부럽게 바라보며 이를 벤치마킹했다. 두산에서 스카우트 팀장과 지도자를 영입하기도 했지만 구단 고유의 소프트웨어가 없었다. 하드웨어는 뛰어난데 소프트웨어가 마땅치 않았고 시스템이 구축되지 않았다.

차명석 단장이 모그룹에 자신한 부분은 화수분이었다. 이를 위해 육성 시스템 전권을 요구했다. 2군 코칭 스태프 구성을 직접 진행했고 꾸준히 2군 코칭 스태프로부터 육성 계획과 훈련 및 경기 보고서를 받았다. 신속히 입대를 진행하면서 전 포지션이 선순환을 이루고 매년 1군에 새 얼굴이 올라오는 청사진을 그렸다.

결과적으로 신예 선수들의 성장세가 눈에 띄게 달라졌다. 트래킹 데이터 시스템을 통해 객관적으로 기량을 진단하고 육성 방향을 잡았다. 선수들을 지도하고 육성시키기 위해 코치들은 트래킹 데이터 시스템을 공부했다.

2군 감독과 코치가 PPT를 작성해 사장과 단장이 참석하는 자리에서 선수단 육성 상황 정기 보고도 진행했다. 이렇게 LG는 아날로그 시대와 작별을 고했다. 코치들은 틈날 때마다 엑셀, 파워포인트 공부에 매진했다.

선수 성장에 맞춰 코치들도 성장한다. 몇 년 후 LG 코치들은 비시즌만 되면 학원에 다니는 게 당연한 일이 되었다. 최근에는 영상 프로그램 수업도 듣는다.

모두가 유튜브를 바라보고 세상 모든 게 유튜브에 존재한다. 선수들도 유튜브에 두둑이 쌓여 있는 메이저리그 선수들의 경기 영상과 훈련 모습을 절대적으로 신뢰한다. 이제 코치들이 싸워서 이겨야 하는 대상은 상대 팀이 아닌 유튜브가 되었다. 코치가 먼저 메이저리그 트렌드를 이해하지 못하면 선수와 대화가 안 된다.

이미 몇몇 LG 코치들은 영상 촬영부터 편집까지 스스로 할 수 있는 경지에 올랐다. 선수들의 모습을 직접 촬영하고 편집하는 것은 물론, 선수보다 먼저 메이저리그 선수들을 보여주며 육성 방향을 잡는다. 좋은 부분은 따라가고 따라가면 안 되는 부분은 지운다.

　이렇게 구단과 감독, 코칭 스태프 그리고 선수단이 한마음 이 되어 움직이니, 점점 하나의 팀으로 단단히 뭉쳐지는 게 보 였다.

# 반전은 없다,
# 하지만 희망은 있다

　롤러코스터는 없었다. 2019년의 LG는 신예 선수들의 성장을 통해 약점을 메웠다. 미완의 대기였던 고우석이 4월 말부터 마무리 투수를 맡아 꾸준히 세이브를 쌓아 올렸다. 고우석, 정우영, 김대현으로 구축된 젊은 필승조가 새로운 승리 공식을 만들었다.

　절대 과제였던 불펜진이 안정되면서 팀 전체가 순항했다. 시즌 초반 임찬규의 부상 이탈로 4, 5 선발을 메우지 못했지만 연승 후 연패를 거듭하며 하위권으로 추락하는 모습과는 이별했다. 시즌 전 3강으로 꼽힌 SK, 두산, 키움 다음 자리인 4위에 안착했다.

　승패 마진 '플러스 15'. 2013년 이후 가장 좋은 성적을 거뒀다. 2015년부터 진행한 리빌딩 주역들이 이제는 베테랑이자 핵심 선수로 든든히 자리매김했다. 20대 초반 선수들은 이들보다 빠른 성장세를 보인다. 오직 우승 반지 하나만을 바라보며 후배들을 백업하고 있는 박용택의 소원인 우승도 머지않은 시점에서 현실이 될 것 같았다. 박용택의 소원은 LG 팬들의 소원이기도 했다.

2019년 10월 3일, LG는 잠실구장에서 열린 NC와의 와일드카드 시리즈를 통해 3년 만에 가을 야구 복귀를 알렸다. 정규 시즌 관중 동원 1위를 달성한 열기가 포스트시즌으로 고스란히 전달되었다. 1회 이형종의 적시타, 3회 대타 박용택의 희생플라이와 이형종의 2루타로 LG가 기선제압에 성공했다.

선발 투수 켈리는 정규 시즌 180.1이닝을 소화하며 14승 평균 자책점 2.55 맹활약을 펼쳤다. 그 모습을 KBO리그 포스트시즌 데뷔전에서도 펼쳐 보였다. 6.2이닝 1실점으로 임무를 완수했고 마지막 9회 고우석이 포스트시즌 첫 등판에서 세이브를 올렸다.

다음 플레이오프 상대는 키움이었다. 키움 또한 2014년 이후 가장 강한 전력을 갖췄다는 평가를 받았다. 메이저리그를 경험한 김현수와 박병호, 그리고 친구이자 라이벌인 고우석과 이정후의 대결로도 큰 주목을 받았다.

플레이오프 1차전 선발 투수 대결도 흥미로웠다. 각각 LG와 키움 선발진을 이끄는 월슨과 제이크 브리검이 선발로 1회부터 마운드에 섰다. 월슨은 8이닝 무실점, 브리검은 6.2이닝 무실점으로 마운드를 지켰다. 8회까지 0-0의 숨 막히는 접전. 하지만 9회 말 고우석이 박병호를 상대로 던진 초구가 가운데 담장을 넘기는 끝내기 솔로포로 연결되었다. 박병호는 고우석의 153km 포심 패스트볼을 예측한 듯 때렸다. 양 팀 투수 총합 228개의 공을 던졌고 마지막 228번째 공으로 승부에 마침표가 찍혔다.

2차전에서는 LG가 기선 제압에 성공했다. 1회 김현수의 적시타로 LG가 선취점을 뽑으면서 3회까지 3-0으로 앞서 나갔다. 그러나 불펜 대결에서 졌다. 선발 투수 차우찬이 7이닝 1실점으로 호투했으나 뒷문 대결에서 밀렸다. 불펜 총력전을 강행한 키움은 9회 말 이틀 연속 고우석에게 악몽을 선사했다. 4-4 동점으로 9회가 종료되었고, 10회 말 1사 3루에서 키움 주효상의 2루 땅볼에 3루 주자 김하성이 홈을 밟았다.

잠실에서 열린 3차전에서는 LG가 반격에 성공했다. 이대로 3년 만에 오른 가을 야구 무대를 마칠 수 없다는 듯 역전승을 이뤘다. 켈리는 와일드카드 1차전처럼 이번에도 승리를 이끌었고, 부진했던 고우석이 이번에는 9회 세이브를 올리며 포효했다.

거기까지였다. 4차전에서 불안했던 4, 5 선발 약점이 다시 드러났다. 포스트시즌 같은 큰 경기를 책임질 네 번째 선발 투수가 없었다. 선발 투수 임찬규가 1회 2점을 내준 뒤 강판당했고 강제 불펜 총력전을 진행할 수밖에 없었다. 차우찬이 중간 등판을 강행했지만 반전은 없었다. 정우영이 고우석처럼 처음 경험한 가을 야구에서 흔들리면서 5-10으로 패했다. 3년 만에 오른 가을 야구 무대에서 한 해를 마무리했다.

늘 마지막 경기 패배는 아쉽다. 그래도 기대 이상의 성과를 올린 2019시즌이었다. 신예 육성을 두고 두산, 키움을 부럽게 바라만 봤는데 LG도 이제 어린 선수들이 빠른 성장세를 보인다. 이 흐름을 유지한다면 가을 야구 단골손님이 될 수 있다. 외부에서 LG를 바라보는 시선도 달라졌다. 육성에 높은 점수를 부여하며 우승권 팀으로 평가하는 목소리도 들렸다.

## 2019시즌 LG 트윈스  ▼  🔍

* 시즌 전적 79승 64패 1무 | 승률 0.552 | 정규 시즌 4위

.........................................................................

* 전반기 52승 42패 1무        * 후반기 27승 22패

.........................................................................

* 팀 타율 0.267(5위)        * 팀 OPS 0.771(7위)

.........................................................................

* 팀 평균 자책점 3.86(4위)        * 선발 평균 자책점 3.94(5위)

.........................................................................

* 중간 평균 자책점 3.78(4위)

.........................................................................

* 주요 선수 오지환(WAR 4.73), 이형종(WAR 4.33), 고우석(WAR 4.00),

    김현수(WAR 3.99), 켈리(WAR 3.97), 채은성(WAR 3.65), 윌슨(WAR 3.39),

    이천웅(WAR 3.35), 유강남(WAR 3.18), 김민성(WAR 1.80)

.........................................................................

* 포스트시즌 와일드카드 NC전 1승

.........................................................................

* 준플레이오프 키움전 시리즈 전적 1승 3패

.........................................................................

"한국에 와서 야구가 더 좋아졌다.

"한국 야구팬,
특히 LG 팬들의 열정은 세계 최고다."

— 2019년 KBO리그 첫 시즌을 치른 케이시 켈리

# 코로나19 중에도 돋보인 LG 야구

　그때는 몰랐다. 아시아를 중심으로 감염자가 늘었지만 향후 코로나19로 명명된 전염병이 지구 전체를 휘감을 것으로 예상하지는 못했다. 2020년 1월 30일, 인천공항에서 스프링 캠프가 열리는 호주로 떠나는 LG 선수단도 마찬가지였다. 모두 마스크를 착용한 채 공항에 도착했고 하루빨리 이 전염병이 사라지기를 바랐다. 캠프가 끝나는 시점에서는 전염병도, 마스크도 없을 것으로 내다봤다.

　2020년 스프링 캠프에 유독 의미를 부여한 선수도 있었다. 안타 하나하나가 신기록인 LG의 얼굴 박용택이었다. 2020년을 은퇴 시즌으로 결정한 만큼 후회 없이 현역 선수로서 마지막을 장식할 것을 다짐했다. 목표는 당연히 우승이었다. 박용택은 선수단보다 열흘가량 먼저 호주로 향했다. 야구 인생에서 마지막 캠프를 완벽하게 치르고자 만만의 준비를 한 채 19번째 시즌을 준비했다.

호주 캠프는 문제가 없었다. 겨울 동안 질롱 코리아 소속으로 호주 리그를 경험한 홍창기, 백승현, 이재원, 박재욱도 별다른 일 없이 실전을 소화했다. 호주 캠프 기간인 2월 말까지는 코로나19에서 자유로웠다.

문제는 다음에 터졌다. 2차 캠프 장소인 일본 오키나와 일정 막바지에 비상사태와 마주했다. 전 세계에 코로나19 확진자가 기하급수적으로 늘어나며 하나둘 항로를 닫는 국가들이 나왔다. 일본도 3월 초 항로 폐쇄를 발표했다. LG는 계획보다 이른 시점에 출발하는 귀국행 비행기를 찾아야 했다. 모든 구단이 혼란에 빠졌고 간신히 오키나와를 떠나는 마지막 비행기를 공수했다.

귀국 후에는 모든 게 물음표로 바뀌었다. 전 세계 프로 리그가 중단되었으며 KBO리그도 예외는 아니었다. 전염 양상을 고려하면 사람들이 모이는 것 자체가 위험했다. KBO는 개막 연기를 결정했고 구단에 안전 수칙을 공지하기에 이르렀다.

결국 시즌 일정을 한 달 이상 뒤로 미루다 5월 5일에 개막전을 치렀다. 그런데 이 또한 KBO리그가 이례적이었다. 메이저리그는 7월 초까지 문을 닫았고, 일본 프로 야구도 6월 중순에서나 시즌에 돌입했다. 설상가상 2020 도쿄 올림픽은 1년 연기되었다. KBO리그 홀로 정규 시즌 144경기 일정을 모두 소화했다.

　야구 종주국인 미국에서 야구가 사라졌다. 그러자 미국에서 한국 야구를 중계하기 시작했다. 매일 한 경기를 생중계하고 하이라이트 장면도 고스란히 방영했다. LG 경기 또한 미국에 생생히 전달되었다. 외국인 선수들은 기쁨을 감추지 않았다. 윌슨, 켈리, 라모스는 자신이 야구하는 모습을 고향에 있는 가족과 친구들이 지켜보는 것을 알고 함박웃음을 지었다.

　이때 현지에서 가장 큰 관심을 받는 LG 선수는 정우영이었다. 정우영의 강렬한 움직임을 동반한 투심 패스트볼이 화제가되었다. 메이저리그 투수들도 정우영의 공에 찬사를 보냈다.

# 강렬한 시작,
# 이보다 좋을 순 없다

5월 5일 개막전 상대는 두산이었다. 코로나19로 인해 무관
중으로 경기가 진행되었지만 많은 이들이 중계를 통해 그라운
드를 응시했다. 2차 드래프트에서 LG에 합류한 국가대표 출신
2루수 정근우가 다이빙 캐치로 안타성 타구를 처리하는 등 팬
들의 갈증을 해소하는 수준 높은 경기력을 보였다. 윌슨, 켈리
를 대신해 개막전 선발 투수로 낙점된 차우찬도 임무를 완수하
며 LG가 기분 좋게 시작점을 끊었다.

개막전 승리 후 3연패에 빠졌지만 바로 6연승을 이어 나갔
다. 1위를 독주하는 NC와 함께 2강 체제를 구축하는 모양새였
다. 약점으로 꼽히는 4, 5 선발 자리에 신인 이민호가 깜짝 활
약을 펼치며 큰 힘이 되었다. LG는 만 19세로 관리가 필요한
이민호와 큰 수술을 겪은 후 첫 시즌에 임하는 정찬헌이 열흘

간격으로 번갈아 선발 등판하는 이색 로테이션으로 약점을 메워나갔다.

가장 강렬했던 장면은 새 외국인 타자 라모스가 만들었다. LG는 이례적으로 메이저리그 경력자가 아닌, 빅리그 진입은 이루지 못한 젊은 선수를 선택해 대성공을 거뒀다.

미국에서 홈런 타자로 주목받은 라모스는 첫 한 달 동안 리그 최고 파워 히터power hitter(장타력이 뛰어난 선수)로 활약했다. 5월에 치른 23경기에서 타율 0.375, 10홈런, 21타점, OPS 1.264로 괴력을 발휘했다. 5월 24일 잠실 KT전에서 친 9회 말 끝내기 만루 홈런은 LG의 시즌 초반 상승세를 상징하는 장면이 되었다.

홈런 타자와 유독 인연을 맺지 못한 LG다. 한 시즌도 홈런왕을 배출하지 못했고, 그러면서 MVP와 거리가 멀어지곤 했다. 구단 통산 한 시즌 최다 홈런은 1999년 이병규의 30개. 라모스는 이 숫자를 정조준했고 9월 7일 사직 롯데전에서 31호 홈런을 쏘아올렸다. 38 홈런으로 시즌을 마치며 홈런 부문 리그 2위, 구단 통산 한 시즌 최다 홈런을 달성했다.

4번 타자 라모스만큼 강렬한 1번 타자도 나왔다. 2016년 신인 드래프트 당시 대학 최고 타자로 꼽혔던 홍창기가 잠재력을 터트리기 시작했다. 2019년 팀 내 최다 안타를 터트린 1번 타자 이천웅이 부상으로 이탈하자 홍창기가 대안이 되었다. 7월 중순부터 붙박이 리드 오프가 되었고 출루율 0.411로 사실상 1군 첫 시즌을 마쳤다.

시즌 초반까지만 해도 1군에서 자리가 없을 것 같았다. 홍창기 또한 선발 출장이 아닌 대타로서 팀에 도움이 되는 방법을 고민했다. 단 한 번 찾아온 기회를 놓치지 않았고 그렇게 앞으로 최소 5년을 맡길 수 있는 1번 타자가 탄생했다. 2017년 이형종부터 2019년 이천웅, 그리고 2020년 홍창기까지 빈번히 주인이 바뀐 리드 오프 자리에 확실한 주인이 나타났다.


기대 이하였던 부분도 있었다. 2019년 최강 외인 원투펀치로 꼽힌 타일러 윌슨이 구속 저하에 따른 부진을 겪었다. 막강한 구위를 자랑하는 싱킹 패스트볼sinker(싱커. 좌우변화가 거의 없고 빠르게 날아오다가 플레이트 근처에서 급하게 떨어지는 구종)로 무수히 많은 땅볼을 유도했던 투수가 구위 저하와 함께 커브에 의존하는 완전히 다른 투수가 되었다. 더불어 2017년부터 LG에서 수많은 이닝을 책임져 온 차우찬도 7월 24일 잠실 두산전에서 이상을 느낀 후 시즌 아웃되었다. 상위 선발진 3명 중 켈리 홀로 로테이션을 소화하는 악재와 마주했다.

# 악몽이 있다면 바로 여기에, 반전 없는 드라마

LG는 2019년까지만 해도 남부럽지 않은 상위 선발 라인을 자랑했다. 그런데 2020년 7월 24일 차우찬이 이탈했고, 윌슨도 불안한 행보를 이어가다 10월 4일 경기 후 출전 선수 명단에서 제외되었다. 켈리를 향한 의존도가 높을 수밖에 없는 상황에서 켈리는 후반기 13경기 11승 1패, 평균 자책점 2.22로 절정의 활약을 펼쳤다. 윌슨에서 켈리로 에이스 증표가 이동했다.

정찬헌 또한 후반기 10경기 평균 자책점 3.27로 인간 승리를 이뤘다. 허리 부상으로 수술대에 올랐고 수술 당시 선수 생활이 힘들다는 의사 소견이 있었으나 이를 극복해 냈다. 수술 직후 걷지도 못하는 몸 상태였는데 마지막이라는 생각으로 재활에 임해 마운드로 돌아왔다.

시속 150km에 육박하는 공을 던졌던 파워 피처가 기교파 투수로 돌아왔다. 5, 6가지 구종을 자유롭게 구사하며 마법을 부리듯 타자들을 돌려세웠다. 6월 27일 문학 SK전 완봉승은 정찬헌의 재활을 지켜본 사람들에게 감동을 선물했다.

하지만 한 시즌을 꾸리기에 2명으로는 턱없이 부족하다. 선발진은 5명으로 구성되며 안정된 선발진을 이루기 위해서는 최소 3명 이상이 꾸준히 활약해야 한다. 차우찬의 이탈과 월슨의 고전은 시즌 막바지 LG에 치명타로 작용했다.

정규 시즌 마지막 2경기가 되돌릴 수 없는 악몽이 되었다. 10월 28일 잠실에서 최하위에 자리한 한화전, 그리고 10월 30일 문학에서 9위 SK와의 경기로 정규 시즌을 마무리했다. 결과적으로 두 경기 중 한 경기만 승리해도 LG는 2위를 확정 짓고 플레이오프부터 포스트시즌에 임할 수 있었다.

그런데 한화전에서 4회까지 6-0으로 리드하다가 6-7로 역전패를 당했다. 총력전을 선포한 경기에서 선발 투수 교체 타이밍을 놓쳐버렸다. SK전에서는 상대 투수 박종훈에게 타선이 꽁꽁 묶였다. 9회 초 역전 기회를 만들었으나 채은성의 잘 맞은 타구가 좌측 파울폴을 넘어가고 말았다. 마지막 두 경기를 모두 패해 이틀 만에 2위에서 4위로 내려앉은 채 정규 시즌을 마쳤다.

마지막 두 경기가 준 충격은 포스트시즌에도 영향을 끼쳤다.

향후 포스트시즌 상대 선발 투수와 대결에서 우위를 장담할 수 없었으며 큰 경기 압박을 이겨낼 분위기도 아니었다. 2위로 플레이오프에 직행하는 것과 와일드카드 결정전부터 포스트시즌을 시작하는 것은 천지 차이다.

우려한 대로 키움과 맞붙은 와일드카드 1차전에서 타선이 흔들렸다. 꾸준히 안타가 나오고 출루도 했는데 9회까지 2득점에 그쳤다. 그래도 에이스 켈리가 7이닝 2실점으로 버텼고, 13회 연장 끝에 누구도 예상하지 못했던 신민재의 끝내기 안타로 신승했다.

그러나 다음 두산과 준플레이오프에서 선발진 리스크가 터졌다. 1차전 두산의 선발 투수 크리스 플렉센은 LG 타선에서 맞서 메이저리그 투수 같은 퍼포먼스를 보였다. 스윙은커녕 배트에 댈 수도 없는 위력적인 공을 던졌다. 신인 이민호가 맞불을 놓기에는 너무나도 높은 벽이었다.

0-4로 패한 LG는 2차전에서 한 달 만에 부상에서 돌아온 윌슨을 앞세워 반격에 나섰다. 기적은 없었다. 윌슨의 구위는 돌아오지 않았다. 3.1이닝 4실점으로 조기 강판당했다. LG 또한 상대 투수 라울 알칸타라에게 4점을 뽑고 5회에 강판시켰다. 6회까지 스코어는 7-8. 난타전 양상으로 경기가 흘러갔는데 끝내 역전은 없었다. 8회 말 기회에서 대타로 타석에 선 박

용택은 누구보다 원치 않은 범타로 물러나며 고개를 숙였다.

이 경기 패배로 2020년 LG, 그리고 박용택의 19년 커리어에 마침표가 찍혔다. 류중일 감독 계약 기간도 종료되었다.

| 2020시즌 LG 트윈스 |
| --- |

* 시즌 전적 79승 61패 4무 l 승률 0.564 l 정규 시즌 4위 l 최종 성적 4위

* 전반기 40승 32패 1무          * 후반기 39승 29패 3무

* 팀 타율 0.277(4위)          * 팀 OPS 0.777(4위)

* 팀 평균 자책점 3.86(4위)          * 선발 평균 자책점 4.26(2위)

* 중간 평균 자책점 4.61(2위)

* 주요 선수 오지환(WAR 5.60), 김현수(WAR 5.35), 홍창기(WAR 4.99),

라모스(WAR 4.75), 켈리(WAR 4.27), 유강남(WAR 3.00), 정우영(WAR 2.64),

이형종(WAR 2.64), 채은성(WAR 2.49), 이민호(WAR 1.79)

* 포스트시즌 와일드카드 키움전 1승

* 준플레이오프 두산전 시리즈 전적 2패

"나는 우승 반지 없이 은퇴하지만,
우승 반지 대신
여러분의 사랑을 끼고 은퇴한다."

— 2022년 7월 3일 잠실구장에서 은퇴식을 치른 박용택

# 영원한 펀스트라이프, LG의 33번

야구 기자가 아닌 야구팬이었던 2009년, 박용택을 보고 많이 놀라곤 했다. 그가 타석에서 보여준 모습 하나하나가 정말 대단했다. 스트라이크존 근처에서 형성된 모든 공을 마음껏 공략했다. 선구안도 뛰어나 볼넷도 많이 골랐다. 무결점 타자의 표본 같은 활약을 펼쳤다.

처음 전 경기 LG를 담당한 2012년. 지근거리에서 본 박용택은 더 뛰어난 선수였다. 2012년이 박용택의 마지막 30도루 시즌이었는데 정교한 주루 플레이가 강한 인상을 남겼다. 단순히 도루만 많이 하는 게 아닌 상황에 맞는 주루 플레이를 했다. 2루에서 투수가 방심하는 순간을 파고드는 3루 도루는 항상 성공했다. 마냥 뛰기만 하는 게 아니라 상대를 흔들 때와 동료 타자를 집중시킬 때를 정확히 구분해 움직였다.

2013년부터 도루보다는 타격에 집중했는데 박용택은 취재진에 참 많은 배움을 전달한 선수였다. 인터뷰할 때마다 그날 경기 타석에서 공 하나하나를 정확히 돌아봤고 전달했다. 모든 인터뷰가 연결고리를 형성했고 그의 타격 이론으로 완성되었다.

박용택은 매번 발전을 바라봤다. 이를 위해 끊임없이 연구하고 고민했다. 그래서 20대보다 뛰어난 30대를 보냈다. 2014년 1번 타순과 3번 타순을 오가며 타율 0.343, 출루율 0.430으로 활약했다. 누가 봐도 뛰어난 기록인데 만족은 없었다.

당시 박용택은 "타구 방향이 마음에 안 든다. 1루와 2루 사이로 너무 많은 땅볼이 나온다. 운이 좋아 안타가 되는 경우가 많은데 근본적으로 고쳐야 할 부분"이라고 냉정히 자신을 돌아봤다. 또 수많은 타자들의 영상을 바라보며 자신의 것으로 만들었다. 양준혁의 과거 경기 모습을 TV로 보다가 타격 메카닉을 수정했다. 그 순간부터 팔로 스루follow through(타자가 배팅한 후 몸 회전 방향으로 타격 자세를 끌고 가는 동작)를 크게 하고 한 손을 놓기 시작했다. 맞는 면을 크게 하는 동시에 힘을 최대한 전달하는 방법을 찾았다.

그러면서 시계를 거꾸로 돌렸다. 2013년과 2014년 한 자릿수에 머물렀던 홈런 숫자가 2015년부터 2018년까지 4년 연속 두 자릿수를 유지했다. 2015년에는 커리어 두 번째로 장타율 0.500 이상을 올렸다.

내게는 더할 나위 없는 야구 선생님이었다. 여유 시간이 있을 때마다 습관처럼 자주 질문했다. 2011년과 2012년 낮은 연차 기자였을 때는 내가 봐도 어처구니없는 질문도 많이 했다. "그런 걸 무슨 질문이라고 하냐?"라고 솔직히 반응하면서도 결국에는 정확한 답을 건넸다. 취재진에게도 이런데 후배들에게는 말할 것도 없었다. 늘 후배들에게 족집게 조언을 했다. 캠프 기간 동안에 낮은 연차 선수를 방에 불러 자신의 훈련법을 따라 하게 유도한 적도 많다.

이러한 과정에서 채은성, 오지환, 홍창기가 도약했다. 자신만의 타격 메카닉을 두고 고민하는 채은성에게 고민 없이 더 과감히 밀고 나가라고 밀어붙였다. 타격 자세 변화가 많았던 오지환에게는 자신을 투영하며 방향을 잡아줬다. 홍창기 특유의 토 스텝 또한 박용택의 확신이 찬 조언으로 자리 잡았다.

때로는 엄한 선배였지만 진심으로 후배를 응원했다. 팀이 승리하고 우승하려면 혼자 잘해서는 불가능하다는 것을 알고 있었다. 팀이 리빌딩에 돌입한 2015년. 후배들의 도전을 즐겁게 받아들이며 발전의 원동력으로 삼았다.

자기 관리는 말할 것도 없었다. 큰 부상 없이 매 시즌을 완주했다. 치명적인 부상으로 경력을 마감하는 선수가 많은데 박용택은 예외였다. 시즌보다 비시즌 훈련량이 많았고 여행 중에도 아침 운동 루틴을 거르지 않았다.

박용택을 보며 프랜차이즈 스타, 영구 결번의 위대함을 깨달았다. 2014년 겨울 외에도 이적 위기는 많았다. 김기태 감독 이전에 구단이 박용택을 트레이드 카드로 삼은 적도 몇 차례 있었다. 박용택은 이를 알고 실력으로 자신의 가치를 증명했고 트레이드는 없던 얘기가 되었다.


박용택의 마지막 시즌이 된 2020년. LG 선수들 모두 '우승'이라는 두 글자를 가슴속 깊이 새겼다. 박용택 또한 대타 전문 요원으로 팀에 힘을 불어넣었다. 한 경기 단 한 타석만 주어지는 상황에서도 여전히 해결사였다. 9월 3일 잠실 NC전 8회 말 역전승을 이끄는 결승 3점 홈런은 지금도 머릿속에 뚜렷하게 남아 있다. 그의 수많은 별명 중 하나인 '사직택'을 증명이라도 하듯 자신의 마지막 사직구장 경기에서도 대타로 나와 적시 2루타를 터트렸다. 만 41세 시즌에도 3할 타율을 기록했다.

그가 프로 무대에 남긴 역대 최다 2504안타는 매우 당연한 결과일지도 모른다. 핀스트라이프 유니폼을 입고 보낸 19년의 세월을 누구보다 충실히 보냈다.

# 데이터로 야구하는 법,
# 그리고 패착

유독 많은 것을 준비한 2020시즌이었다. 구단 창단 30주년
을 맞아 특별 엠블럼도 제작했고, 박용택 은퇴 시즌에 맞춰 다
양한 행사도 계획했다. 우승 후보 전력으로 꼽힌 만큼 정상 등
극에 대한 기대도 높았다.

하지만 정규 시즌 마지막 2경기, 준플레이오프 2연패와 함께
기대했던 모든 게 무너졌다. 코로나19로 인해 사실상 무관중
경기 시즌이 되면서 행사도 열지 못했다. 2020년 마지막 경기
가 된 준플레이오프 2차전 다음날 류중일 감독은 연장 계약 의
사를 전하지 않고 3년 동안 입었던 핀스트라이프 유니폼을 벗
었다. 2019년부터 우승을 목표로 삼았으며 삼성 시절 영광을
잠실에서 재현하려 했지만 한국시리즈 진출도 이루지 못했다.

구단은 빠르게 감독 선임 작업에 들어갔다. 이례적으로 감

독 후보군을 두고 면접 형식의 인터뷰를 진행하며 계획적으로 새 감독을 영입했다. 이번에도 여러 지도자의 이름이 거론되었는데 최종 결과는 류지현 수석 코치였다. 늘 외부에서 감독을 찾았던 LG가 모처럼 프랜차이즈 스타에게 지휘봉을 건넸다. 2007년부터 2009년까지 선수단을 이끌었던 김재박 감독 이후 류지현 감독이 첫 프랜차이즈 스타 출신 감독이 되었다.

류지현 감독은 인터뷰에서 데이터 중시, 투수진 관리를 강조했다고 한다. 1994년 LG에 입단한 후 오직 한 유니폼만 입은 만큼 누구보다 오랫동안 LG에 있었기에 별도의 적응기가 필요하지 않은 것도 가산점으로 작용했다.


여전히 코로나19로 인해 많은 게 제한된 상황이었다. 해외 출국이 여의찮았고 10개 구단 모두 국내에서 캠프를 진행했다. 덜 추운 남쪽으로 향한 구단도 많았는데 LG는 실내 훈련장을 갖춘 이천 2군 시설을 이용하기로 했다.

캠프에 앞서 류지현 감독은 코칭 스태프, 전력 분석팀과 시즌 방향을 일찍이 정립했다. 캠프에서 모든 것을 준비하기보다는 캠프 전에 팀이 지향해야 할 부분을 정리했다. 데이터를 면밀히 들여다보며 투수 관리 지침을 완성했다.

타선 운용을 두고는 현역 시절 자신의 색깔을 무리해서 입히지 않을 것을 강조하기도 했다. 정교한 교타자이자 무수히 많은 도루를 기록했던 자신의 모습이 팀이 추구하는 방향과는 무관하다고 말했다.

　그렇게 준비한 모습은 페넌트레이스에서 고스란히 드러났다. LG는 그 어느 팀보다 안정적으로 불펜진이 돌아갔다. 중간투수가 3일 연속 투구하는 것을 찾아보기 힘들었고 마무리 투수 고우석의 멀티 이닝 소화는 단 한 번밖에 없었다. 투수진 가용 폭을 넓히면서 리그에서 가장 낮은 평균 자책점을 기록했다. 불펜 전원이 필승조에 가까웠는데 김대유, 진해수, 최성훈 왼손 중간 투수들이 경기 중후반 상대 좌타자들을 꾸준히 제압했다.

　다만 타격 접근법을 두고 혼돈이 일어났다. 캠프 기간 타자들이 자신의 타격존을 뚜렷이 인지하고 타율과 출루율이 두루 향상되는 것을 계획했다. 홍창기가 그랬던 것처럼 스트라이크존을 완벽하게 활용한다면 자연스럽게 득점력도 나아질 것으로 내다봤다. 트래킹 데이터를 통해 타자마다 스윙 궤적, 스트라이크존을 9등분해서 드러난 잘 치는 구역과 못 치는 구역을 명시했다.

　타자마다 접근법이 다르다. 투수의 볼 배합을 분석해 예측 타격에 비중을 두는 타자가 있고, 스트라이크존을 몸쪽과 바깥

쪽으로 크게 나눠서 상황에 맞게 한쪽만 보고 치는 타자가 있다. 그야말로 '공 보고 공 치기' 식으로 공 하나하나에 집중해 배트를 돌리는 타자도 있다. 과거 정성훈처럼 포수 리드에 큰 비중을 두는 타자도 존재한다.

이렇게 각양각색인 타자들을 하나로 통일시키려 하니 결과가 좋지 않았다. 2020년 팀 타율 0.277(4위), 팀 OPS 0.777(4위)이었던 지표가 2021년 팀 타율 0.250(8위), 팀 OPS 0.710(8위)으로 하락했다. 커리어 로우에 가까운 성적을 찍은 타자들이 유독 많았다.

이미 뚜렷한 방향을 잡고 이를 바탕으로 경력을 쌓아온 베테랑들에게는 맞지 않은 옷을 입혔다. 막 프로에 입단한 신예 선수들에게 시간을 두고 이러한 접근법을 유지했다면 미래 홍창기, 문성주 같은 타자들이 꾸준히 나올 것이다. 하지만 자신만의 스타일을 정착한 선수들이 많은 1군에서 새로운 것을 접목시키기에는 이래저래 어려운 일이었다.

라모스 덕분에 끝난 것 같았던 외국인 타자 잔혹사도 반복되었다. 라모스는 2020년보다 못 한 결과를 내다가 6월 초 부상으로 이탈했다. 부상 치료 방법을 두고 구단과 마찰도 있어 라모스와 이별하고 저스틴 보어를 데려왔는데 보어는 역대 최악 외국인 타자 중 한 명으로 남았다.

외국인 타자 영입에는 감독이 아닌 프런트가 차지하는 비중이 크다. 바뀐 타격 접근법에는 프런트의 의견도 들어간 게 사실이다. 류지현 감독 입장에서는 여러모로 터지지 않는 타선 때문에 속 터지는 2021시즌이 되었다.

# 144경기 마라톤과
# 세 번의 기회

투수와 타자, 정확히 말하면 불펜과 타선이 극단적인 모습을 보였다. 고우석, 정우영, 김대유, 이정용, 최성훈, 진해수라는 탄탄한 불펜진은 류지현 감독과 경헌호 투수 코치의 계획대로 더할 나위 없는 모습을 보였다. 여기에 전반기에는 송은범, 후반기에는 백승현까지 양질의 불펜진을 앞세워 안정적으로 페넌트레이스를 치렀다.

단 한 번도 5할 승률 이하로 내려가지 않았고 꾸준히 상위권에 자리했다. 어느 팀이든 긴 시즌을 치르며 상승세와 하락세가 두루 있기 마련인데 2021년의 LG는 큰 기복 없이 144경기 마라톤을 소화했다.

정상 등극을 바라보고 야심 차게 두 차례의 대형 트레이드를 단행했다. 그러나 둘 다 꽝이었다.

첫 번째 트레이드는 부상으로 전혀 효과를 거두지 못했다. 시범경기 기간이었던 3월, 양석환을 두산에 내주고 함덕주를 영입했다. 선발과 마무리 투수를 두루 경험한 함덕주가 시즌 시작점에서는 선발 투수로, 선발진이 안정된 후에는 필승조로 활약하기를 바랐지만 기대에 미치지 못했다. 함덕주는 부상으로 선발과 중간 어느 자리에서도 활약하지 못하고 LG에서 첫 시즌을 마쳤다.

두 번째 트레이드는 후반기를 앞두고 트레이드 마감일 이전에 성사되었다. 키움에 정찬헌을 보내고 서건창을 영입했다. 늘 고민이었던 2루 자리에 확실한 주전 선수가 들어선다면 공·수·주에서 두루 팀이 힘을 얻을 것으로 내다봤다. 과거 LG에 신고 선수로 입단했다가 방출된 그가 우승청부사로서 다시 핀스트라이프 유니폼을 입었다.

당시 서건창은 하향세를 보이는 중이었고 LG 유니폼을 입은 후 타석에서의 하향곡선은 더 가파르게 드러났다. 2루 수비 안정은 이루었지만 종합적으로 봤을 때 LG가 바랐던 서건창의 모습은 아니었다.

외국인 선수도 말썽이었다. 믿었던 라모스의 이탈과 그의 대체자 저스틴 보어의 타율 0.170 부진으로 외국인 타자 없이 포스트시즌을 치렀다.

외국인 선수 시장 최대어로 꼽혔던 좌투수 앤드류 수아레즈는 가장 중요할 때 부상으로 이탈했다. 8월 31일 사직 롯데전 도중 팔꿈치에 이상을 느낀 수아레즈는 복귀까지 한 달 이상이 걸렸다.

시즌 첫 몇 경기에서는 구위와 제구를 두루 겸비한 난공불락의 왼손 강속구 투수(파이어볼러)였으나 시간이 흐르며 고전하는 모습도 나왔다. 제구가 흔들리며 볼카운트 싸움이 길어지곤 했고 6월부터는 긴 이닝 소화에도 어려움을 겪었다.

정규 시즌 막바지 수아레즈가 부상으로 빠지면서 약점인 선발진 불안이 고스란히 드러났다. 손주영, 이상영, 배재준 등 대체 선발 카드를 여럿 펼쳐봤으나 해답은 없었다. 9월 10승 11패 3무로 승패 마진은 마이너스. 10월 들어 LG와 함께 상위권에 자리한 KT와 삼성도 치고 나가지 못했고 LG는 10승 10패 9무로 정확히 5할 승률을 올렸다.

덕분에 마지막 순간까지 1위를 바라볼 수는 있었다. 정규 시즌 최종전인 사직 롯데 2연전 첫 경기에서의 승리. 최종일 1위 등극 시나리오가 있었으나 마지막 경기에서 패했고, KT와 삼성은 나란히 승리했다. LG는 정규 시즌 3위로 준플레이오프 직행에 그쳤다.

2년 연속 두산과 가을 야구, 복수를 다짐했지만 결과는 크게 다르지 않았다. 정규 시즌 마지막 날까지 1위 경쟁을 하면서 '에이스 켈리' 카드를 준플레이오프 1차전에 쓰지 못했다. 수아레즈가 1차전 선발 투수로 나섰지만 상대 선발 최원준과 대결에서 우위를 점하지 못했다.

수비 차이도 뚜렷했다. 내야진 핵심 오지환이 시즌 막바지 부상으로 이탈해 구본혁이 주전 유격수를 맡았다. 1차전에서 구본혁은 상황 판단 오류로 아웃 카운트를 올리지 못했다. 베테랑 2루수 정주현도 1사 3루 전진 수비 성공 후 홈 송구 에러를 범했다. 1-2에서 1-3으로 두산이 달아났고 사실상 에러와 함께 패배가 확정되었다.

켈리가 등판한 2차전에서 9-3 완승을 거뒀지만 다시 3차전에서 무릎을 꿇었다. 에이스급 토종 선발 투수 부재가 다시 한 번 드러났다. 선발 투수 임찬규 뒤에 수아레즈를 붙이는 총력전을 펼쳤지만 5회까지 10점을 빼앗겼다. 3-10 완패와 함께 또다시 두산 앞에서 참담한 심정으로 무릎을 꿇었다.

## 2021시즌 LG 트윈스

* 시즌 전적 72승 58패 14무 | 승률 0.554 | 정규 시즌 3위 | 최종 성적 4위

* 전반기 43승 32패        * 후반기 29승 26패 14무

* 팀 타율 0.250(8위)        * 팀 OPS 0.710(8위)

* 팀 평균 자책점 3.57(1위)        * 선발 평균 자책점 3.85(2위)

* 중간 평균 자책점 3.28(1위)

* 주요 선수 홍창기(WAR 6.31), 켈리(WAR 4.91), 수아레즈(WAR 4.44),

   오지환(WAR 3.68), 정우영(WAR 3.21), 김현수(WAR 3.14), 고우석(WAR 3.13),

   채은성(WAR 2.78), 유강남(WAR 2.13), 김대유(WAR 2.09)

* 포스트시즌 준플레이오프 두산전 시리즈 전적 1승 2패

"LG에서 뛰는 하루하루가
내게는 행운이며 영광이다.
계속 LG 유니폼을 입고
한국에서 야구하고 싶다."

— 2019년부터 꾸준히 에이스로 활약하는 케이시 켈리

# LG를 사랑한,
# LG가 사랑한 케이시 켈리

"굉장히 기쁜 날을 앞두고 있다. 힘든 결정을 했고 가족에게 미안하다. 팀이 시즌을 잘 마치고 난 후 미국에 가기로 했다."

2021년 9월 9일, LG 선발 투수 케이시 켈리는 6이닝 1실점으로 팀 승리를 이끌었다. 이날 호투를 통해 2020년 5월 16일 잠실 키움전부터 48경기 연속 5이닝 이상 투구를 달성했다. 이전까지 이 부문 최고 기록이었던 KIA 양현종의 47경기 연속 5이닝 이상 투구를 뛰어넘고 신기록 달성자가 되었다. 켈리는 이 기록을 2022년 7월 28일 문학 SSG전까지 이어갔다. 무려 75경기 연속 5이닝 이상을 소화해 냈다.

기록에서 드러나듯 켈리는 누구보다 꾸준한 투수다. 2019년 처음 한국 땅을 밟은 시점부터 흔들리지 않고 자신의 임무를 완수했다.

그만큼 자기관리에 철저했다. 외국인 투수 대다수가 한국 무대에서 가장 많은 이닝을 소화하고, 가장 많은 공을 던진다. 부상에서 자유롭지 못하며 부상으로 인해 한국을 떠나는 경우가 많다. 켈리는 비시즌마다 철저히 한국에서 맞이하는 새 시즌을 준비했다. 메이저리그 투수들이 이용하는 훈련 시설에서 비시즌 프로그램을 소화했다.

무엇보다 팀을 생각하는 마음과 충성심이 대단했다. 홀로 신기록을 쌓기 시작한 그날. 아내가 미국에서 둘째 출산을 앞두고 있는 와중에 한국에 남는 어려운 결정을 했다. 중요한 시즌 막바지였고 LG 선발진은 수아레즈 이탈로 켈리에 대한 의존도가 절대적으로 높았다. 켈리는 가족을 향해 미안한 마음을 전하면서도 LG 우승을 우선순위로 뒀다고 강조했다.

당시 켈리는 무겁게 입을 열었다. "5일 후 둘째가 태어난다. 굉장히 기쁜 날이 다가오고 있다. 동시에 굉장히 힘든 결정도 내렸다. 미국에 가지 않기로 했다. 시즌을 치르는 중이다. 한국에 있을 것이다. 시즌 후 미국에 간다"며 담담하게 다음 말을 이어나갔다. "아내와 첫째가 먼저 미국으로 갔는데 함께 축하하지 못해 미안하다. 둘째에게도 미안한 마음이 든다. 하지만 포스트시즌을 잘 마치고 미국에서 늦게나마 축하하기로 했다."

덧붙여 정상 등극을 강조하며 팀에 대한 애정도 빼놓지 않았다. "앞으로 정규 시즌 종료까지 한 달 반 정도 남았다. 굉장히 중요한 시기다. 최대한 많이 승리해서 1위 KT를 잡아야 한다. 1위를 하기 위해 앞으로 많이 승리하는 게 우리 팀의 목표다."

LG는 2011년부터 꾸준히 외국인 투수 영입에서 성공을 거뒀다. LG 담당 기자를 하면서 레다메스 리즈, 벤자민 주키치, 헨리 소사, 데이비드 허프, 타일러 윌슨, 그리고 2022년과 2023년 활약한 아담 플럿코까지 뛰어난 기량을 자랑하는 투수들의 활약을 봤다. 임팩트는 허프가 가장 강했으나 꾸준함과 팀을 생각하는 마음, 동료들과 융화는 켈리가 최고다.

케이시 켈리는 역대 LG 외국인 투수 중 가장 많은 경기와 이닝을 쌓아 올렸다. 2023시즌 전반기 이례적인 부진을 겪었음에도 구단은 켈리 반등에 무게를 뒀다. 여전히 건강하게 강한 공을 던진 만큼 부진을 극복할 수 있다고 내다봤다.

"무엇이 당신을 이렇게 꾸준하게 만드나?" 켈리에게 던진 질문 한마디에 그는 "한국에 와서 야구가 더 좋아졌다. 메이저리그에 있을 때 샌프란시스코 선수로서 열광적인 미국 야구팬들의 분위기도 체험했지만 나는 한국 야구장이 가장 좋다. 한국 야구팬들의 응원, 특히 우리 LG 팬들의 응원은 세계 최고다.

팬들의 에너지에 보답하기 위해 늘 열심히 준비하고 공부한다. 계속 한국에서 야구를 하고 싶다"라고 답했다. LG 역대 최고 외국인 선수다운 대답이었다.

# 펀스트라이프를 선택한
# '타격 머신' 김현수

2021시즌 후 FA 시장은 외야수들이 중심을 잡고 있었다. LG 김현수를 비롯해 나성범, 박건우, 손아섭, 김재환, 박해민 등 특급 외야수들이 나란히 FA 자격을 얻고 시장에 나왔다.

LG 우선순위는 김현수의 잔류. 더불어 더 높은 곳에 오르기 위해서는 보강이 필요하다고 봤다. 준플레이오프 패배 며칠 후 차명석 단장은 "정규 시즌 1위와 불과 1.5경기 차이였다. 다시 준비해서 잘 달려보겠다"라며 2017년 겨울 김현수 영입 이후 4년 만에 다시 외부 FA 영입 의사를 비쳤다.

내부 회의를 반복했고 시장 상황과 팀 상황을 고려해 박해민 영입을 시도했다. 타격이 뛰어난 외야수는 많지만 수비가 뛰어난 외야수가 적은 점, 그리고 다양한 방법으로 경기를 풀어줄

플레이 메이커가 필요하다고 봤다. 두산과 마주한 가을 야구마다 크게 활약한 정수빈처럼 드넓은 수비 범위를 자랑하고 다리로 경기를 지배하는 선수의 필요성을 느꼈다.

그로 인해 박해민과 4년 60억 원에 계약을 맺었고, 3일 후에는 김현수와 최대 6년 115억 원의 대형 계약을 체결했다. 이 계약으로 이변이 없다면 김현수의 은퇴 유니폼은 LG가 된다.

FA 과정에서 에피소드도 있었다. 채은성을 비롯한 베테랑 선수들이 구단에 김현수를 잡아달라고 간곡히 부탁했다. 2019년부터 주장을 맡아 리더십을 발휘해 온 김현수가 팀에 잔류해야 우승 도전을 이어갈 수 있다고 했다.

기량은 두말할 필요가 없는 김현수다. 2008년, 3년 차, 만 20세부터 타격왕을 차지하며 '타격 머신'으로 불렸다. 베이징 올림픽을 시작으로 무수히 많은 국제 대회에 개근 도장을 찍듯이 출전했다. 국제 대회 참가 시 보상으로 부여되는 등록 일수를 1년 넘게 채운 최초의 선수다.

전 경기 출전을 당연하게 여겼고 그만큼 늘 투혼을 발휘했다. 부상을 입은 몸으로도 펜스 충돌을 두려워하지 않았다. 2016년과 2017년에는 메이저리그 무대에도 올랐다. 신고 선수로 힘들게 프로에 데뷔해 메이저리그에서는 입단 기념식도 치렀다. 2018년 LG에서도 김현수를 영입하며 입단 행사를 크게 진행했을 정도로 공을 많이 들이기도 했다.

　김현수는 스스로를 성공한 '야구 덕후'라고 할 정도로 하루 24시간 모두를 온전히 야구에만 쏟아부었다. 야구를 하거나, 야구를 잘하기 위한 훈련을 하거나, 야구를 보는 데 거의 모든 시간을 할애했다.

　리더십도 강했다. 독하고 엄한 리더였으나 결국에는 LG 선수 모두가 김현수를 따랐다. 김현수는 후배들의 게으르고 불성실한 모습, 잘못된 플레이를 강하게 꾸짖었다. 그럼에도 선수들은 평소 그의 모습을 보고 이를 인정하고 받아들였다. 늘 솔선수범하는 선배를 인정하지 않을 수 없었다.

　'야구 덕후' 답게 장비 욕심도 엄청나다. 메이저리그 타자들의 최신 배트가 보이면 여러 자루를 주문해서 직접 써본다. 자신에게 맞는 배트가 있으면 후배들에게 선물한다. 맞지 않는 배트는 혹시 다른 후배에게는 맞을 수 있으니 또 선물한다. 배트 외에 글러브, 스파이크까지 김현수는 늘 후배들에게 야구 용품 보따리를 풀곤 한다.

　2021년 골든글러브 외야수로 도약한 홍창기에게 메이저리그 슈퍼스타 오타니 쇼헤이의 배트를 권했다. 이후 홍창기는 오타니와 똑같은 모양의 배트를 쓰고 있다. 2022년 오지환에게는 자신의 배트를 권유했고 오지환은 김현수의 배트를 들고 커리어 하이 시즌을 만들었다.

2023년 주전 2루수로 깜짝 도약한 신민재에게는 스파이크를 선물했다. 후배들의 활약과 도약을 누구보다 기쁘게 받아들이며 격려한다. 비시즌에도 웨이트 트레이닝에 앞장서는 엄한 군기반장이면서도 끊임없이 베푼다. 캠프 기간에는 늘 새벽부터 먼저 나와 타격 훈련에 임한다. 많은 선수들이 자연스럽게 김현수를 따랐다.

그런 김현수를 봐온 LG 구단 고위 관계자는 다음과 같이 말하기도 했다. "김현수 덕분에 구단 사건 사고가 사라졌다. 10년 전만 해도 LG는 늘 사건 사고에 시달리는 팀 아니었나. 수도권 구단이라 선수들을 향한 유혹도 많고 실제로 안 좋은 길로 빠지는 선수도 나왔다. 지금 LG는 당시와 완전히 다르다. 여기에는 김현수의 몫이 매우 크다고 본다." 그만큼 이제 김현수는 LG에 없어서는 안 될, 남다른 존재감을 지닌 선수가 되었다.

# 21세기 최고 전력,
# LG의 2022년은 다르다

프런트는 2021시즌을 돌아보고 반성하는 심정으로 2022시즌을 준비했다. FA 영입에 앞서 코칭 스태프 구성에도 이 부분이 반영되었다. 오판으로 남은 타격 접근법에 따른 저조했던 공격력을 만회하기 위해 NC에서 이호준, 모창민 타격 코치를 영입했다. 타자들도 비시즌 훈련량을 늘렸다. 이전과 달리 사설 훈련장에서 배트를 돌리는 타자도 있었다.

2022년 2월 이천 스프링 캠프 주제는 뚜렷했다. 다소 고전적이기는 하지만 '맹훈련'을 거듭했다. 새벽부터 밤까지 타자들은 쉬지 않고 배트를 돌렸다. 한겨울 추위를 피할 수 있는 실내 훈련 시설이 있음에도 될 수 있으면 야외 훈련 비중을 크게 뒀다.

이유가 있었다. 대형 실내 훈련장에서는 타구가 어떠한 공기의 저항도 받지 않고 크고 강하게 뻗어나갔다. 타격음 또한 경쾌하게 울려퍼졌다. 타자로 하여금 착각에 빠지기 쉬웠다. 1년 전이 그랬다. 실내 타격 훈련 비중이 컸는데 막상 밖으로 나가니 타구의 질이 뚝 떨어졌다. 실전은 야외 구장에서 치른다. 바람도 불고 타격음만 고스란히 들리지도 않는다.

훈련장 밖의 추위를 고려하지 않을 수 없었지만 밖으로 나갔다. 이호준, 모창민 타격 코치는 선수들이 실외에서는 오직 타격 훈련만 할 수 있게 훈련 일정을 짰다. 실외에서 대기 시간을 두지 않고 밖에 나오자마자 타격 훈련에 임하게 꼼꼼히 계획을 세웠다.


유망주 육성에도 신경 썼다. 이호준 타격 코치는 문보경의 타격에 놀라움을 숨기지 않았다. 문보경, 이영빈, 이재원, 송찬의를 향후 LG의 10년을 책임질 타자 유망주로 꼽았다. 이중 문보경이 선두 주자이며 바로 올 시즌 일을 낼 것이라고 과감히 전망했다. 2021시즌 107경기 329타석을 1군에서 경험한 효과가 분명 올해 나온다고 내다봤다.

예상은 적중했다. 문보경은 2022시즌 타율 0.315, 9홈런, OPS 0.833으로 활약했다. 3루수 수비도 일취월장했다. 2019 신인 드래프트 또 하나의 대성공작이 탄생했다. 앞으로 10년 LG 핫코너를 책임질 선수가 나타났다.

그러나 LG만 대형 FA를 영입하고 유망주 육성을 잘하는 것은 아니다. SSG는 2022시즌에 앞서 메이저리그에서 뛰었던 김광현을 영입했다. 메이저리그 노사 협정이 길어지면서 2월까지도 직장 폐쇄 상태가 이어진 틈을 타 SSG는 김광현에게 4년에 151억 원을 투자했다. 과거 이대호의 4년 150억 원을 뛰어넘는 KBO리그 역대 FA 최대 계약 규모였다.

개막 후 LG가 뛰어다니면, SSG는 날아다녔다. LG는 개막 5연승, SSG는 개막 10연승을 달렸다. 개막 연승 기록은 잠실구장에서 LG를 상대로 깨졌지만 SSG는 좀처럼 질주를 멈추지 않았다.

타선의 힘은 LG도 SSG에 밀리지 않았다. 오히려 앞섰다. 1년 전에 많은 타자가 커리어 로우 시즌을 보냈다면 2022년에는 커리어 하이 시즌을 만들었다. 김현수와 오지환이 홈런포를 가동했고 문보경에 이어 문성주까지 1군 선수로 올라섰다. 2018 신인 드래프트 10라운드 전체 97순위로 지명된 선수가 2021년 포스트시즌에서 보여준 다부진 모습이 우연이 아니었음을 증명했다. 박해민도 4월에는 부진했지만 5월부터 궤도에 올랐다. 고우석은 모두에게 인정받는 리그 최강 마무리 투수로 성장했다. 시속 150㎞ 중반대의 포심을 스트라이크존 상·하단에 마음껏 구사하고 고속 슬라이더와 커브도 절묘한 조화를 이뤘다. 어느 팀과 비교해도 밀리지 않는 공·수 균형을 자랑한 2022년의 LG였다.

전반기를 3위로 마쳤지만 8월 초 2위였던 키움과 잠실 3연전을 위닝시리즈로 장식했다. 2위로 올라선 후 순위표에서 아래로 내려가지 않았다. SSG와 확실한 2강 전력을 구축했다.

늘 아쉬웠던 토종 에이스에 대한 해답도 나왔다. 3년 차 좌투수 김윤식이 후반기 알을 깨고 나온 듯 다른 투수가 되었다. 자신 있게 타자와 승부했고 결정구인 체인지업은 마구처럼 떨어지며 헛스윙을 유도했다.

김윤식이 토종 에이스로 도약하면서 SSG와 경기 차이도 줄어들었다. 9월 25일 문학에서 열린 SSG와 맞대결 승리. 그리고 9월 27일 LG가 3연승에 성공해 경기 차이가 2.5까지 줄었다. 정규 시즌 종료까지 경기가 얼마 남지 않기는 했으나 마지막 역전극도 내심 기대했다.

하지만 1년 전처럼 시즌 막바지 외국인 투수 부상이 또 발생했다. 9월 25일 문학 SSG전에 선발 등판했다가 어깨 이상으로 한 타자만 상대하고 교체된 플럿코가 결국 이탈했다. 후반기리그 최고 선발 투수로 활약하다가 페넌트레이스 종료까지 20여 일을 앞두고 명단에서 제외되었다.

외국인 타자는 이번에도 꽝이었다. 저스틴 보어 대체로 영입된 리오 루이즈 실패, 루이즈 실패 후 선택한 로벨 가르시아도 실패였다. 시즌 막바지, 이번에도 외국인 선수 3명 중 켈리만 남았다. 마지막 스퍼트를 이루지 못하고 끝내 SSG를 잡지 못했다.

87승을 거두며 승률 0.613, 구단 통산 최다승. 승률은 통합 우승을 이룬 1994년 승률 0.643에 이은 역대 2위였다. 1위를 잡지는 못했어도 2위를 일찍이 확정 지으면서 지난 2년과 달리 여유를 두고 페넌트레이스를 마쳤다. 플레이오프를 준비하기에 충분한 시간적 여유를 얻었다.

늘 힘든 상대였던 두산에도 상대 전적 10승 6패로 앞섰다. 2014년 이후 8년 만에 두산 상대 전적 우위. 두산이 9위로 고전하면서 2024시즌 개막 시리즈는 원정이 아닌 홈인 잠실구장에서 치른다.

# 신에 홀린 3연패,
# 모든 게 엇나간 시리즈

기대는 그 어느 때보다 높았다. 암흑기에 마침표를 찍은 2013년에도 정규 시즌 2위로 플레이오프 직행은 이뤘지만 객관적인 전력은 2022년이 훨씬 뛰어났다. 당시보다 선수층이 두꺼웠고 외국인 원투펀치도 포스트시즌에서는 정상적으로 가동될 것으로 보였다. 무엇보다 2019년부터 구단 역사상 최초로 4년 연속 포스트시즌에 오른 경험이 가을 야구 무대에서 보이지 않는 힘으로 작용할 것으로 예상되었다.

이례적으로 오너도 움직였다. 사실상 구단주인 구본능 구단주 대행이 정규 시즌 종료 시점에서 선수단을 모아 회식을 열고 식사 후 선수 한 명 한 명과 악수하면서 유종의 미를 거두기를 바라고 응원했다.

시작은 더할 나위 없었다. 키움과 플레이오프 1차전. 포스트 시즌에서 한 번도 진 적이 없는 켈리가 이번에도 6이닝 2실점 으로 자기 임무를 완수했다. 선발 대결에서 우위를 점했는데, 진정한 우위는 디테일에 있었다. 키움이 수비 에러 4개로 자멸 한 반면에 LG는 안정된 수비를 뽐내며 6-3으로 승리했다.

이정용을 시작으로 김진성, 최성훈, 정우영, 고우석이 나란 히 등판해 리드를 지켰다. 최강 불펜진의 위용을 가을 야구 무 대에서도 이어가는 듯싶었다. 준플레이오프 5경기를 모두 치 르고 올라온 키움과 일찍 2위를 확정 짓고 충분한 준비 시간을 가진 LG의 차이가 플레이오프 1차전에서 드러났다.

하지만 2차전에서 불안 요소가 터져 나왔다. 일찍이 정규 시 즌을 마감한 플럿코가 흔들렸다. 플럿코는 정규 시즌 마지막 등판 후 플레이오프 2차전까지 약 한 달의 준비기간이 있었다. 부상 부위였던 어깨를 회복하고 실전도 치를 수 있는 시간적 여유가 주어졌는데 플럿코는 실전에 임하지 않았다. 한 달이 넘게 제대로 마운드에 오르지 못해도 경기 감각에는 문제가 되 지 않는다는 입장을 전했다.

LG는 플레이오프 시리즈에 앞서 익산에서 KT 2군과 실전 을 치렀다. 교육리그에도 몇몇 투수들이 참가해 결전에 대비했 다. 플럿코가 마음만 먹으면 얼마든지 실전에 임할 수 있었다.

감독과 코칭 스태프는 플럿코의 의사를 수용했고 이는 되돌릴 수 없는 실수가 되었다.

플럿코는 이전보다 못한 구위와 커맨드command(투수의 제구력)를 보이며 무너졌다. 1회 초부터 선취점을 내줬고 2회 초 0-6에서 마운드를 내려갔다. LG 야수들 또한 플럿코의 예상치 못했던 부진에 당황한 듯 수비에서 흔들리는 모습을 보였다.

벤치도 그랬다. 내일이 없는 단기전에서 투수 교체 타이밍이 늦었다. 1회 투구 내용도 좋지 않았기에 2회부터 불펜 총력전을 준비할 필요가 있었다. 3차전에 앞서 휴식일이 주어지는 만큼 2회 플럿코가 연속 안타를 맞은 시점부터는 불펜진을 가동했어야 했다. 불과 한 달 전 플럿코가 한 타자만 상대하고 내려가는 변수 속에서 진행되었던 불펜 총력전을 잊은 듯 정작 포스트시즌에서 실행하지 못했다.

당연한 것 같았던 한국시리즈 진출 기상도에 첫 번째 먹구름이 다가왔다. 타자들이 힘을 내며 점수 차를 좁혀갔지만 끝내 동점을 이루지는 못했다. 4회 진해수가 첫 타자 김준완에게 볼넷을 범한 후 이정후와 김혜성에게도 그대로 승부를 맞긴 게 상대의 추가점으로 이어졌다. 정규 시즌과 동일하게 예측할 수 있는 불펜 운영을 했다가 쓴맛을 봤다.

플레이오프 시리즈 전적 1승 1패가 되었고 이틀 후 3차전이 열리는 고척돔으로 이동했다. 김윤식과 안우진의 선발 맞대결. 후반기에 맹활약한 김윤식이지만 내부적으로 큰 물음표를 안고 있었다. 정규 시즌 막바지 김윤식은 허리에 통증을 앓고 있었고 준비 과정에서 컨디션도 좋지 않았다. 100% 컨디션이 아닌 투수가 리그 최고 투수와 선발 맞대결을 벌이게 되었다.

그래도 3차전 중반까지는 희망이 있었다. 김윤식은 정신이 신체를 지배한 듯 평소보다 구속이 덜 나오는 상황에서도 배짱 투를 펼쳤다. 정규 시즌 후반기처럼 과감히 스트라이크를 던졌고 유리한 볼카운트에서는 체인지업으로 키움 타선을 요리했다. LG는 2회 문보경의 적시타, 3회 채은성의 솔로 홈런으로 안우진을 상대로 우위를 점했다.

문제는 또 마운드 운영이었다. LG는 김윤식이 허리를 잡는 모습을 보고 불펜진을 가동했다. 그런데 2차전에서 이미 키움 핵심 타자에게 고전한 진해수를 다시 올렸다. 2차전과 마찬가지로 이정후에게 맞춰 진해수가 마운드에 올라 몸에 맞는 볼, 김혜성에게 적시 2루타를 맞고 실점했다.

단기전은 구위형 투수가 유리하다. 서로 상대를 알고 맞서는 '오픈북 테스트'기 때문에 정규 시즌 성적에 큰 의미를 부여하기 힘들다. 그래서 상황에 따라서는 구위가 강한 선발 투수를 불펜진에 넣거나 필승조를 경기 초중반에 등판시킨다. 사실상 매일이 총력전인 가을 야구다.

LG는 2차전과 동일한 실수를 3차전에서도 범했다. 이정후, 김혜성 같은 특급 좌타자에게 정규 시즌 공식을 고스란히 대입했다. 정규 시즌 결과는 의미가 없음을 인지하지 못했다.

불펜이 무너지면서 안우진을 공략했음에도 역전을 당하고야 말았다. 7회 초 다시 리드했지만 운명의 7회 말을 맞이했다. 1차전 최고 구위를 뽐냈던 이정용이 대타 임지열에게 2점 홈런, 곧이어 이정후에게 1점 홈런을 맞고 고개 숙였고, 8회 초 채은성과 오지환의 연속 안타로 만든 기회에서 문보경의 번트타구가 상대 투수 김재웅의 다이빙 캐치로 무산되었다. 플레이오프 3차전은 21세기 들어 가장 허망하고 비참한 LG의 포스트시즌 경기였다.

경기 후 아무도 입을 열지 못했다. 숙소로 향하는 버스는 침묵만 흘렀다. 김현수가 "괜찮아. 우리 내일은 이길 거야. 우리 꼭 한국시리즈 갈 거야"라고 했지만 그뿐이었다.

벼랑 끝에서 마지막 카드를 펼쳤다. 켈리가 3일 휴식 후 4차전에 선발 등판했다. 1회 초 채은성의 적시타로 선취점 성공. 계속된 2사 2, 3루 기회에서 문보경은 3차전 번트 실패 충격에서 벗어나지 못한 듯 칠 수 있는 공을 놓치고 삼진으로 물러났다.

확실히 분위기를 가져오지 못했고 키움은 축제를 즐기듯 가벼운 마음으로 그라운드에 섰다. 이미 시리즈 흐름은 키움이 독차지한 상태였다. 1회 말 곧바로 동점을 만들었고 3회 말 야시엘 푸이그가 리드를 가져가는 솔로포를 쏘아 올렸다. LG에는 없는 파워 히터 외국인 타자가 괴력을 발휘했다. 고우석이 7회에 등판했으나 아무 의미 없었다.

총력전은 켈리의 4차전 선발 등판, 단 하나뿐이었다. 타격 컨디션이 바닥을 찍은 홍창기를 마지막 4차전에 리드 오프로 기용하는 등 단기전과는 어울리지 않은 운영으로 또 처참하게 한 시즌의 막이 내렸다. 2차전 플럿코의 늦은 교체 타이밍, 4차전 홍창기의 1번 타자 배치를 두고 "이들이 해줘야 그다음이 있다"는 사령탑의 말이 공허하게 귓속에서 맴돌았다.

그 어느 때보다 충격적으로 다가온 시즌 마무리였다. 보통 긴 시즌을 마치면 서로 고생했다고 한마디씩 건네는데 이조차도 쉽지 않았다. 선수단은 이렇다 할 회식 자리도 없이 헤어졌다. 2022 시즌의 마지막이 선수단 몇 명에게는 LG와 영원한 이별이 되었다.

## 2022시즌 LG 트윈스

★ 시즌 전적 87승 55패 2무 | 승률 0.613 | 정규 시즌 2위 | 최종 성적 3위

★ 전반기 52승 31패 1무      ★ 후반기 35승 24패 1무

★ 팀 타율 0.269(3위)      ★ 팀 OPS 0.742(2위)

★ 팀 평균 자책점 3.33(1위)      ★ 선발 평균 자책점 3.66(4위)

★ 중간 평균 자책점 2.89(1위)

★ 주요 선수 오지환(WAR 6.44), 켈리(WAR 5.21), 박해민(WAR 5.10),

   문보경(WAR 4.86), 플럿코(WAR 4.81), 김현수(WAR 4.80), 홍창기(WAR 3.98),

   고우석(WAR 3.68), 문성주(WAR 3.38), 채은성(WAR 3.02)

★ 포스트시즌 플레이오프 키움전 시리즈 전적 1승 3패

"LG의 꿈은 우승이다.
내 꿈도 우승 감독이다.
우리 구단의 꿈을 실현시키겠다."

— 2022년 11월 LG 지휘봉을 잡은 염경엽 감독

# 죄인처럼 떠났던 그가
# 감독으로 돌아왔다

감독 선임 최종 결정권은 구단주에게 있다. 모든 프로 스포
츠 구단이 그렇다. LG 또한 이전까지 과정에서 차이는 있어도
마지막 단계는 동일하다. 구단주의 재가 없는 감독 선임은 존
재하지 않는다.

플레이오프 4차전 8회 초 1사 1, 3루 채은성이 병살타로 물
러나는 순간. 고척돔에서 경기를 지켜보고 있었던 구본능 구단
주 대행은 자리에서 일어났다. 분노를 감추지 못하며 경기가
끝나기도 전에 고척돔을 떠났다.

이후 구단 시계가 빠르게 돌아갔다. 많은 이들이 LG가 SSG
와 마주할 것으로 예상했던 11월 1일, 인천에서 열린 한국시리
즈 1차전에 앞서 새 사령탑이 사실상 확정되었다. 계약 기간이

끝난 류지현 감독에게 지휘봉을 다시 주는 것보다 경험이 있는 감독을 선택하는 게 낫다고 오너가는 결정했다. 새 감독으로 의외라면 의외, 당연하다면 당연한 선택을 했다. 2011시즌 후 죄인처럼 LG를 떠났던 당시 염경엽 수비 코치가 제19대 LG 감독으로 부임했다.

당시 프런트가 짜놓은 구단 계획에도 포함된 인물이었다. 다만 프런트의 시선은 1군 감독이 아니었다. 차명석 단장은 2군 육성 시스템 강화를 위해 미국에서 야구 연수를 마치고 해설위원으로 활동하고 있던 염경엽 전 SK 감독을 바라봤다. 정규 시즌 막바지 육성 총괄직을 제안하기도 했다.


염경엽 감독은 육성 총괄이 아닌 1군 사령탑으로 12년 만에 다시 핀스트라이프 유니폼을 입었다. 2007년을 기점으로 김재박 감독을 포함해 현대 지도자와 스카우트 다수가 LG로 이적했는데 염 감독도 그중 한 명이었다. 2008년에 스카우트로, 2009년에 운영팀장을, 2010년과 2011년에는 1군 수비 코치를 맡았다.

그의 LG에서의 4년은 참 다사다난했다. 스카우트로서 오지환, 채은성 등 향후 LG의 핵심 선수가 될 이들을 선택하는 데 목소리를 높였고, 운영팀장을 맡았을 때는 미래 LG 감독이 될 지도자로 김기태 감독을 낙점했다. 당시 일본에서 연수 중이었던 김기태 감독과 마주한 후 2010년부터 LG 2군 감독을 역임했다.

프런트에서 팀의 미래를 그리다가 현장으로 이동하면서 오해와 불신을 한 몸에 받았다. "암흑기 팀 성적과 맞물려 염경엽 수비 코치가 팀을 망치고 있다"는 소문이 불처럼 번졌다. 운영 팀장 시절 오너가와 가깝게 지내는 모습을 보고 구단 내부에서 그를 시기하는 이들도 있었다.

언제든 청문회가 벌어지던 2011년. 염경엽 코치는 유니폼 등번호 위에 자리한 자신의 이름이 보이지 않게 점퍼를 걸치곤 했다. 당시에는 그게 혹시 모를 사고를 방지하는 방법이었다.

11년이 지난 2022년 11월. LG 감독 부임에 앞서 자신에게 기회가 올 줄은 몰랐다고 했다. 정규 시즌 막바지 류지현 감독과 마주해 올해가 우승 적기라며 덕담을 건네기도 했던 염경엽 감독이었다.

사실 염경엽 감독의 LG 감독 부임은 이전에도 몇 차례 거론되었다. 양상문 감독 시절인 2015년, 3년 연속 포스트시즌 진출에 실패했을 때 가장 많이 들린 얘기가 차기 사령탑으로 염경엽 감독이 돌아온다는 것이었다. LG는 2016년 다시 포스트시즌 무대에 올랐고, 심지어 준플레이오프에서 염경엽 감독의 넥센을 꺾었다. 당시 염경엽 감독은 준플레이오프 시리즈 마지막 경기를 마치고 직접 사퇴 의사를 전한 바 있다. 그 후 2017년 SK 단장으로 부임했고 2019년 SK에서 지휘봉을 잡았다.

염경엽 감독은 2011년 LG를 떠난 후 지도자로서 굵직한 경력을 만들었다. 2013년 넥센 감독을 맡아 최약체 팀을 포스트시즌 단골손님으로 올려놓았다. 2014년에는 한국시리즈 무대에도 올랐다. 2018년 SK 단장으로서 우승을 경험했다.

하지만 2019년과 2020년은 큰 상처로 남아 있다. 2019년 전반기까지 SK는 선두를 독주했고 올스타 브레이크 시점에서 2위 키움과 3위 두산을 멀리 따돌렸다. 그러나 정규 시즌 마지막 날 두산에 1위 자리를 빼앗겼다. 포스트시즌에서는 키움과 플레이오프에서 패하며 허무하게 시즌을 마쳤다.

2020년 6월 말에는 극심한 스트레스에 시달리다가 경기 중 쓰러지기도 했다. 선발진을 이끌었던 투수 세 명이 이적하면서 팀이 하위권으로 추락했고, 불면의 밤을 보내다가 병원으로 이송되었다. 시즌을 완주하지 못한 채 SK를 떠났다.

염경엽 감독의 장점과 색깔은 분명했다. 꼼꼼하게 모든 것을 규정짓고 데이터로 변환했다. 마운드 운영법, 상황에 따른 수비와 주루 플레이, 타격 이론 등이 뚜렷했다. 또 감독으로서 책임 의식이 매우 강해 모든 부분을 신경 썼다. 흔히 투수 출신 감독의 경우 타격 분야는 타격 코치에게 모든 것을 위임한다. 반대로 야수 출신 감독은 투수 분야를 투수 코치에게 전적으로 맡긴다.

야수 출신인 염경엽 감독은 끊임없이 코치들과 토론하며 팀의 방향을 직접 결정했다. 일찍이 캠프에 앞서 다가오는 시즌에 대한 계획을 세세히 정립하곤 했다. 고전했던 프로 선수 시절의 아픔을 가슴속에 새기며 인생 역전을 이뤘다. 정글 같은 프로 야구판에서 바닥부터 가장 높은 곳까지 올라섰다.

2014년 한국시리즈 패배 후 눈시울을 붉힐 정도로 우승을 향한 염원이 강했다. LG도 마찬가지다. 구단주와 새 감독 모두 '우승' 단 하나만 바라봤다. 염경엽 감독은 선임 당시 인터뷰를 통해 당찬 포부를 밝혔다.

"대학생 시절에는 프로 야구 선수가 되겠다는 마음이 없었다. 그러다가 우연히 친구들과 잠실구장에서 LG와 해태의 경기를 보게 되었고 마음이 바뀌었다. 프로 무대가 얼마나 멋진지 그때 알았다. 이 멋진 팀에서 꼭 우승을 이루겠다. LG의 꿈은 우승이다. 내 꿈도 우승 감독이다. 우리 구단의 꿈을 실현시키겠다."

# 새로운 이별과 만남,
# 춥고 긴긴 겨울

엄연히 비시즌이 존재하지만 야구단에 휴식기는 없다. 매 시즌 종료 후 이런저런 선수단 변화와 마주한다. 동년배 선수들을 잘 성장시켜서 상위권에 오른 팀이 특히 그렇다. 2007년부터 2010년까지 4년 중 세 차례 한국시리즈 우승을 달성한 SK, 2011년부터 2014년까지 왕조를 이룬 삼성, 21세기 가을 야구 단골인 두산이 그랬다. 신인 드래프트에서 지명되어 핵심 선수로 올라선 이들이 FA 자격을 얻고 연달아 시장에 나왔다.

LG에 있어 그 시점은 2022년 겨울이었다. 오지환과 함께 프랜차이즈 선수로 성장한 채은성, 유강남, 임찬규가 나란히 FA 자격을 얻었다. 오지환은 이들보다 먼저 FA 자격을 얻어 2019년 겨울에 4년 계약을 맺은 바 있다. 구단은 오지환처럼 채은성과 유강남의 FA 계약을 계획했다. 2021년보다 부진한 2022년을 보낸 임찬규는 FA를 신청하지는 않았다.

문제는 샐러리 캡salary cap(한 팀의 연봉 총액이 일정한 액수를 넘지 못하도록 제한하는 제도)이었다. 2023시즌은 2020년 1월 KBO가 발표한 샐러리 캡이 시행되는 첫해였다. 고액 연봉자가 많은 LG가 영입 경쟁이 붙은 채은성과 유강남을 잡으면 샐러리 캡 기준선을 초과하게 된다.

선수들도 이런 상황을 알고 있었다. 2022시즌 중반 채은성은 미래를 예견한 듯 이렇게 말했다. "계속 LG에 남기 위해서라도 꼭 우승을 하고 싶다. 우승하면 나와 강남이 모두 계속 LG에 있을 수 있지 않을까 싶다."

우승만 한다면 '그깟' 샐러리 캡이다. 샐러리 캡 기준선 초과로 인해 부담하는 사치세는 얼마든지 낼 수 있다. 하지만 허무하고 비참했던 시즌 마무리가 스토브리그에서 악몽처럼 남아 있다.

차명석 단장은 일찍이 한계점을 파악했다. 채은성과 유강남의 가치가 예상했던 수준을 크게 상회한 만큼 둘 중 한 명만 잡는 것으로 목표를 선회했다. 더불어 대안도 바라봤다. 시장에 유독 포수가 많았기 때문이다. 이를 고려해 유강남 대신 박동원을 선택했다. 롯데가 유강남에게 건넨 계약 규모, 한화가 채은성에게 건넨 계약 규모를 듣고 원치 않은 이별을 결정했다. 그 결과 2023시즌 LG 주전 포수는 유강남이 아닌 박동원이, 주전 1루수는 채은성이 아닌 이재원 혹은 외국인 타자 오스틴 딘이 되었다.

구단과 선수 모두에게 쉽지 않은 이별이었다. 차명석 단장을 비롯해 LG 선수들과 직원들도 채은성, 유강남과 이별을 쉽게 받아들이지 못했다. 유강남은 롯데와 계약한 날 늦은 시간 잠실구장을 찾아 몇몇 선수들과 이별의 눈물을 흘렸다. 채은성과 유강남 모두 계약을 앞두고 며칠 동안 불면의 밤을 보냈다. 감성과 이성이 얽히고설켜 머릿속을 뒤집어 놓았다.

채은성과 유강남은 모범생 같은 대견한 선수들이었다. 입단 당시 크게 주목받지 못했지만 시련 앞에서 포기하지 않으며 주전 선수로 도약했다. 차명석 단장은 2군 시절 채은성을 회상하며 고개 숙였다. "늘 성실하고 듬직했던 선수다. 현역으로 입대한 후 내게 편지를 보냈던 게 어제 일처럼 기억이 난다. 김기태 감독님과 양상문 감독님이 두루 예뻐하고 응원했던 선수 아닌가. 씩씩하게 잘 성장해 준 강남이도 그렇고 두 선수와 이별이 참 어렵고 힘들다. 두 선수를 붙잡지 못해 팬들께 정말 죄송하다."

쉽지 않은 이별 이후 LG는 또 다른 이별은 원치 않았다. 마침내 골든글러브 유격수가 된 주장 오지환이 2023시즌 후 두 번째 FA 자격을 얻는 것을 고려해 2024년부터 2029년까지 6년 최대 124억 원의 계약을 체결했다. LG 구단 최초 다년 계약으로 오지환만큼은 붙잡아 두겠다는 LG 그룹과 구단의 의지가 뚜렷하게 드러났다.

선수들뿐 아니라 코칭 스태프에도 변화가 있었다. 현역 시절 레전드 포수였던 박경완 코치가 1군 배터리 코치를, 염경엽 감독 부임에 맞춰 현역 시절 LG에서 마지막을 보냈던 김일경 수비 코치가 합류했다. 지난 10년 중 굵직한 변화가 가장 많은 2022년 겨울이었다.

# 다시 애리조나,
# 사막 위에서 펼쳐진 끝없는 디테일

 

팬데믹이 마침표를 찍으면서 구단들은 다시 해외로 시선을 돌렸다. 지난 2년처럼 국내 캠프가 아닌 예전처럼 해외에 스프링 캠프를 차렸다. LG는 이미 계약해 둔 미국 애리조나주 스코츠데일에 있는 샌프란시스코 자이언츠 베이스볼 콤플렉스에서 2023시즌을 준비했다.

선수의 본격적인 시즌 준비 시작점은 스프링 캠프지만 코칭 스태프는 이미 준비를 마쳤다. 염경엽 감독은 캠프에 앞서 코칭 스태프는 물론 핵심 선수들과도 일대일 면담에 임했다. 적응기를 최소화하기 위해 그동안 LG가 걸어온 길을 살피고 작년 주요 경기들을 시청했다. 더불어 과거 감독을 하면서 실패했던 원인을 꼼꼼하게 돌아봤다. 이에 관해 염경엽 감독은 이렇게 밝히며 새 시즌에 대한 각오를 다졌다.

"답은 간단했다. 포스트시즌은 오히려 단순하게 가는 게 맞다. 단순하고 빠르게 결정을 내려야 후회가 없고 결과도 좋다. 예전에 나는 너무 복잡하게 생각하곤 했다."

"넥센 감독 초창기부터 성적이 나면서 나도 모르는 자만심이 생겼다. 너무 자만해서 하늘에서 벌을 내렸고 그 벌을 달게 받았다."

"실패한 경험 또한 내게 큰 자산이 될 것으로 믿는다. 그만큼 LG에서 새 시즌 잘 준비하겠다."

'명장'이라 불리는 자의 자기반성 같은 독백. LG의 새 수장은 끊임없이 자신과 팀을 돌아보며 새 시즌을 다짐했다.


실패를 반복하지 않고 정상 등극 목표를 이루기 위해 세부적으로 팀을 정돈했다. 먼저 염경엽 감독이 바라본 LG의 팀 특징은 '타격'이었다. 지난해 기록에서 드러나듯 강한 타선을 바탕으로 한 화끈하고 재미있는 야구를 할 것을 약속했다.

타자들에게 초구부터 적극적으로 배트를 휘두를 것, 그리고 볼카운트 3-0에서도 볼넷만 바라보지 않고 원하는 공이 들어오면 과감히 스윙할 것을 강조했다. 이는 이호준 타격 코치의 방향과도 일치했다.

여기에 다리를 더할 것을 계획했다. 단순히 도루 숫자를 늘리는 게 아닌 습관적으로 한 베이스를 더 가는 주루 플레이를 부지런히 주문했다. 적극적인 플레이가 상대 투수의 리듬을 흔드는 것을 시작으로 상대 수비 전체를 흔들고 우리 타자들의 편한 타격을 유도한다고 분석했다.

마운드는 뎁스depth(선수 명단에 있는 실력이 좋은 선수들) 확장에 주목했다. 약점인 토종 선발진은 물론 불펜진 또한 보다 강한 선수층을 이뤄야 한다고 봤다. LG 불펜진은 지난 2년 동안에도 양과 질 모두에서 최강이었다. 하지만 염 감독이 바라보는 곳은 다른 데 있었다. 불펜 투수 전원이 마무리 투수도 할 수 있을 정도의 강한 구위를 갖추기를 바랐다. 그리고 LG가 보유한 투수들을 보면 그게 가능하다고 판단했다.

따라서 신인 박명근부터 한 번도 1군에 올라온 적이 없는 유영찬이 1군 캠프 명단에 포함되었다. 투수 전환 2년 차에 고전했던 백승현도 눈에 띄었다. 염경엽 감독은 "넥센과 SK 시절 실수 중 하나가 승리조 구성이었다. 승리조 세 명으로 충분히 한 시즌을 치를 수 있다고 생각했는데 늘 결과를 보면 부족했다. 세 명에게만 의존하면서 불펜진 전체에 위기가 온 적도 있다"고 돌아봤다.

불펜 운영법에는 뚜렷한 지침을 적용했다. 좌투수 원 포인트 릴리프one point relief(특정한 한 명의 타자를 상대하기 위해 등판한 구원 투수 혹은 한 명의 타자만 상대하기 위해 구원 투수를 투입하는 전략) 기용 금지, 1이닝 전담과 같은 중간 투수 기용 원칙을 세웠다. 타자 한 명을 잡기 위해 투수 한 명을 쓰는 것을 지양했고, 중간 투수라면 누구나 1이닝을 책임져야 한다고 했다. 이닝 중간에 투수를 바꾸는 게 불펜 소모를 늘리는 일이라고 목소리를 높였다.

적극적인 타격과 공격적인 주루 플레이의 조화, 그리고 보다 세밀하면서 뚜렷한 불펜 운영 등 큰 변화와 끝없는 디테일을 더하기로 했다. 캠프 기간에 새로운 프로그램이 신설되었고 몇몇 선수들은 당황하는 모습도 보였다. 이전까지 LG 스프링 캠프는 선수와 담당 코치의 일대일 훈련이 주를 이뤘는데 감독도 여기에 참여했다.


캠프 하이라이트는 배팅 케이지에서 진행된 이호준, 모창민 코치와 야수 유망주의 면담이었다. 문성주, 이재원, 송찬의, 손호영 등 아직 1군 경험이 많지 않은 선수들이 배팅 케이지에서 배트를 휘두르며 타격 코치들과 대화를 나눴다. 작년 한 시즌을 치른 소감과 앞으로 자신이 되고 싶은 타자 유형, 추구해야 하는 방향을 논의했다.

이 자리를 통해 기본기를 찾고 자신이 어떤 타자인지 알게 유도했다. 가장 큰 효과를 본 선수는 문성주였다. 2022년 1군 선수로 발돋움한 문성주는 내부 경쟁을 의식하며 타격 자세에 변화를 줬다. 경쟁 상대인 이재원과 송찬의가 장타력을 지닌 만큼, 자신은 정확도와 장타력을 겸비한 타자가 되고자 비시즌에도 쉬지 않고 근력 운동에 임했고 배트도 수없이 많이 돌렸다.

하지만 염경엽 감독과 이호준 코치가 바라본 문성주의 변화는 옳지 않았다. 감독과 코치가 선수 하나를 두고 한밤중 깊은 대화를 나누며 문성주가 다시 지난해 모습을 되찾도록 유도하기로 했다.

이호준 코치는 문성주의 입장을 듣고 그를 이해했다. 그러면서 장타보다는 장점인 정확도를 극대화하자고 문성주를 설득했다. 2022년 타율 0.303, 출루율 0.401, OPS 0.823으로 활약한 문성주가 더 나은 성적을 올리기 위해서는 변화가 아닌 지속성이 중요하다고 봤다.

긴 시간 대화가 오갔고 염경엽 감독도 동참하며 문성주에게 2018년 메이저리그 내셔널리그 MVP 좌타자 크리스티안 옐리치의 타격 영상을 보여줬다. LG에서 옐리치와 가장 흡사한 타자 중 한 명, 그리고 스즈키 이치로 같은 기록도 올릴 수 있는 선수가 문성주임을 강조하며 그를 격려했다. 다음날 문성주는 작년의 타격 자세로 돌아갔다. 타격 훈련에서 부쩍 많아졌던

평범한 뜬공이 라인드라이브성 타구로 바뀌었다.

오랜만에 돌아온 애리조나 캠프는 기후와 시설 모두 만점이었다. 캠프 초반에는 이상 기온으로 인해 날씨가 다소 쌀쌀했으나 캠프 중반부터는 더할 나위 없는 환경에서 훈련했다.

캠프 중반부터 심판진이 합류해 불펜 피칭에서 스트라이크, 볼 판정을 했다. 이전부터 불펜 뎁스가 강했던 LG에 염경엽 감독 의도대로 박명근, 유영찬, 백승현이 불꽃 투를 펼쳤다. 이를 본 한 심판은 "국가대표팀 캠프에 온 줄 알았다"며 혀를 내둘렀다.

# 지금껏 단 한 번도 본 적 없는 무한 도루, 매드 사이언티스트

그야말로 미친 듯이 뛰었다. 살아도 뛰고 죽어도 뛰었다. 어느 정도는 예상했는데 설마 이 정도일 줄은 몰랐다. LG의 2023 시즌에 앞선 시범경기 모습이 그랬다. 계속 실패해도 괜찮으니 무조건 뛰라고 강제하는 것 같았다.

시범경기 기간 14경기에서 무려 32개의 도루를 기록했다. 압도적인 1위로, 2위 SSG의 13개와 19개 차이였다. 도루 실패 또한 압도적이었는데, 무려 18개로 이 부문 최다를 기록했다. 도루 실패 최다 2위인 KT와 롯데의 7개보다 11개가 많았다.

마냥 낯선 일은 아니다. 염경엽 감독은 넥센 사령탑 시절부터 '뛰는 야구'를 강조했다. 적극적인 주루 플레이와 도루 시도가 많은 이득을 가져온다고 했다. 상대 투수와 포수가 주자를 신경 쓰는 순간 여러 가지 이득을 취할 수 있다고 설명해 왔다.

경험이 적은 투수는 주자가 있을 때 슬라이드 스텝, 일명 '퀵 모션'을 빠르게 가져가는 것만으로도 부담을 느낀다. 제구가 흔들릴 수 있고 그만큼 실투를 많이 범할 수 있다. 더불어 도루에 능한 주자가 출루하면 볼 배합에도 제한이 생긴다. 변화구보다는 빠른 공 위주의 볼 배합을 할 수 있다.

이에 대한 이득은 고스란히 타석에 선 타자가 취한다. 도루에 성공해 득점권에 주자를 놓고 안타 하나로 점수를 뽑는 것 외에도 도루가 더 높은 타율, 상대 실책 유도, 이로 인해 더 많은 득점을 만든다고 봤다.

그래서 선수들의 습관부터 바꿨다. 주루 플레이에 관심이 없던 몇몇 선수들도 무조건 뛰었다. 당연히 많이 죽을 수밖에 없었는데 그 누구도 주루사에 관해 얘기하지 못하게 했다. 실패를 탓하는 순간 경직되고, 경직되면 시도조차 하지 못한다.

도루에 미친 사람처럼 시범경기 내내 선수들에게 뛰는 것을 강조했다. 처음에는 당황했던 선수들도 시범경기를 10경기 넘게 치른 시점에서 도루 실패 후에도 당당히 더그아웃으로 돌아왔다. 도루와는 딱히 관련이 없었던 김현수와 박동원도 계속 뛰고 계속 죽었다.

주루 플레이만큼 강조한 마운드 뎁스는 청신호를 밝혔다.

WBC에 출전한 고우석, 정우영, 김윤식이 시범경기 막바지에 합류했는데 이에 앞서 대체 자원을 충분히 준비했다. 유영찬, 백승현, 박명근, 그리고 함덕주까지 믿음직한 활약을 펼쳤다. 선발 투수 강효종도 도약한다면 최대 과제인 선발 로테이션 완성도 이룬다.

고우석이 WBC에 앞서 당한 어깨 통증이 예상보다 심각했고, 정우영과 김윤식의 컨디션도 좋지 않은 등 WBC 후유증과 마주했지만, 우려보다는 기대가 큰 2023 정규 시즌 시작이었다. 외부에서 보는 시선도 그랬다. 디펜딩 챔피언 SSG, 2021년 우승팀 KT와 더불어 LG까지 3강으로 꼽혔다. 오스틴 딘이 외국인 타자 잔혹사에 마침표를 찍는다면, 불가능하지도 않아 보였다.

# 새로운 필승조,
# 낯선 해결사의 등장

2023년 4월 1일 개막전 상대는 KT, 장소는 수원이었다. 양
팀 사령탑 모두 일찍이 개막 선발 투수를 낙점했고 그만큼 빠
르게 준비를 마쳤다. LG는 케이시 켈리, KT는 웨스 벤자민이
선발 등판했다.

꾸준히 활약해 온 켈리와 스프링 캠프부터 시속 150km를 찍
은 벤자민. 팽팽한 선발 투수 맞대결이 예상되었는데 결과는
그렇지 않았다. 벤자민의 완승, 켈리의 완패. 개막전 점수 또한
6-11로 LG의 패배였다. 6회 말 1사 2, 3루 위기에서 염경엽 감
독은 신인 박명근을 투입하는 과감함을 보였고, 박명근은 다음
타자 김민혁을 볼넷으로 보내 만루를 만든 후 승부를 걸었다.
그러나 KT 대타 김준태가 박명근의 초구를 공략, 2타점 적시
타를 치면서 사실상 승부에 쐐기를 박았다.

개막 2연전 두 번째 경기 흐름도 좋지 못했다. 1회 초 4득점으로 가볍게 경기를 시작했지만 선발 투수 김윤식이 난조를 보였다. 이에 따라 염경엽 감독은 2회부터 불펜진을 가동해 총력전을 펼쳤다. 난타전 흐름이었다. 9-5로 앞선 8회 말 이정용이 블론 세이브로 무너지며 다시 경기는 원점으로 돌아갔다. 개막전 선발 켈리, 두 번째 경기 선발 김윤식의 부진 만큼 뼈아픈 이정용의 고전이었다. 고우석을 대신해 임시 마무리로 낙점했던 이정용의 시즌 시작이 좋지 않았다.

블론 세이브가 패배로 이어지지는 않았다. 9-9 동점에서 연장으로 흘러갔고 함덕주가 구세주가 되었다. 10회와 11회 퍼펙트 피칭을 펼치며 마운드를 지켰다. LG는 11회 초 절묘한 스퀴즈 플레이로 10점째를 뽑았고 함덕주가 승리를 완성하는 마지막 아웃 카운트를 올렸다.


이후 LG는 4월 내내 개막전과 같은 행보를 보였다. 마운드가 불안했지만 타선이 꾸준히 폭발했다. 변화도 많았다. 야심차게 내세웠던 서건창 리드 오프 기용을 포기했고 홍창기가 2021년과 같은 활약을 펼치며 1번 타순으로 돌아왔다.

공·수·주에서 두루 핵심인 오지환의 부상 이탈로 앞이 캄캄했지만 김민성이 맹활약했다. 무려 13년 만에 꾸준히 유격수로 나서며 자신의 한계 앞에서 무너지지 않았다. LG가 4월에 무너지지 않을 수 있었던 일등 공신은 오지환이 없었던 보름 동안 유격수로 활약한 김민성이었다.

필승조는 자연스럽게 재편되었다. 함덕주와 박명근의 비중이 갈수록 커졌다. 선발진도 플럿코를 제외하면 꾸준함과 거리가 있었는데 임찬규가 롱 릴리프long relief(여러 이닝을 던져 경기를 손수 마무리하거나 마무리 투수에게 넘기는 구원 방식)에서 선발로 돌아왔다.

4월 팀 평균 자책점은 3.49로 4위였다. 나쁘지는 않았으나 기대에는 미치지 못하는 마운드였다. 반면 팀 타율 0.299, 팀 OPS 0.797로 두 부문 모두 1위였다. 타선은 화산처럼 폭발했고, 그 힘을 앞세워 15승 11패로 4월을 3위로 마쳤다.

더 좋은 4월을 기대할 수 있었다. 그런데 4월 말 잠실에서 열린 KIA 홈 3연전 충격적인 스윕sweep(특정 팀과 연전에서 모두 승리하는 경우) 패배가 무겁게 다가왔다. 3연전 첫 경기는 연장 11회 끝에 역전패했다. 이후 2경기에서는 수비 실책과 주루사가 무더기로 나왔다. 우승을 노리는 팀으로 볼 수 없는 경기력이었다.

시즌 첫 위기와 직면한 순간, LG는 빠르게 일어섰다. 5월부터 주루 플레이 비중을 줄였고 대신 투수진에 과감한 변화를 줬다. 5월 들어 플럿코, 켈리, 임찬규까지 3선발이 활약했고 불펜진에서는 어느덧 함덕주와 박명근이 세이브를 올렸다. 유영찬도 5월부터 필승조에 합류해 꾸준히 홀드를 쌓았다.

5월 한 달 동안 가장 눈부신 활약을 펼친 선수는 박동원이었다. LG에서의 주전 포수 첫 해, 그는 최고의 한 달을 보냈다. 5월에 출전한 23경기에서 타율 0.333, 9홈런, 25타점, OPS 1.185라는 성적을 냈다. 무엇보다 쏘아 올린 대포 9개 모두 영양가 만점이었다. 끌려가던 경기를 추격하는 홈런, 혹은 역전을 이루고 승기를 잡는 결승 홈런이었다. 박동원은 2019년 4월 타일러 윌슨 이후 약 4년 만에 LG에서 나온 월간 MVP 수상자가 되었다.

뜨거운 타선과 안정된 선발진, 마운드 새 얼굴 등을 앞세운 LG는 5월 한 달 동안 16승 6패 1무로 고공 질주했다. 5월 31일 기준 순위표에서도 1위에 자리했다.

# 가면 벗은 승부사,
# 200퍼센트 야구를 하다

"이전 감독님들도 프런트의 요구를 잘 수용해 주는 편이었다. 2군에서 선수를 추천하면 꾸준히 올려주셨다. 염경엽 감독님은 훨씬 적극적이다. 작년까지 50%만 1군에 올라갔다면 올해는 거의 100% 1군에 가고 있다."

프런트가 재료를 마련하는 공급자라면, 감독은 받은 재료로 작품을 만드는 요리사다. 차명석 단장은 늘 좋은 재료를 비축해야 한다며 단단한 선수층을 구축할 것을 강조했다. 그리고 염경엽 감독은 두둑한 재료를 폭넓게 활용했다.

쉬운 일은 아니다. 결과에 목숨이 걸린 감독 입장에서 보장된 게 없는 새 얼굴을 기용하기란 쉽지 않다. 안정을 추구한다면 실수가 적고 기본기가 단단한 베테랑을 선호할 수밖에 없다.

염경엽 감독은 반대였다. 베테랑이라고 해도 고전하면 미련을 두지 않았다. 주전 2루수이자 리드 오프로 낙점한 서건창이 흔들리자 2루수를 과감히 재편했다. 오지환 복귀 후 김민성을 2루수로 기용하다가 김민성이 체력적으로 한계에 봉착하자 깜짝 카드를 펼쳤다. 작년에 1군 등록 기간이 한 달도 되지 않은 신민재를 두고 주전 2루수 오디션을 시작했다.

5월 말부터 2루수로 선발 출장한 신민재는 인생 역전을 이뤘다. 2015년 육성 선수(KBO리그에서 정식 선수가 아닌 선수)로 프로에 입단한 후 2루수로 꾸준히 출장하지 못했고, 2루수 경험은 사실상 고교 시절이 전부였던 그가 공·수·주에서 두루 활약했다.

우연은 아니었다. 염경엽 감독은 마무리 캠프부터 신민재를 유심히 바라봤다. 최소 대주자 역할은 할 수 있을 것으로 봤고 스프링캠프에서 별도의 타격 훈련과 수비 훈련도 시켰다. 프로 입단 9년 차에 처음으로 스프링 캠프에서 타격 코치와 일대일 훈련에 임한 신민재다.


LG는 2루수를 두고 참 고민이 많았다. 2016년 손주인 이후 항상 2루가 문제였다. 베테랑부터 유망주까지 참 많은 선수가 2루수를 맡았는데 해답이 되지 못했다. 2014년 201안타로 MVP를 수상했던 서건창도 그랬다.

신민재가 자신의 야구 인생에서 역전 만루 홈런을 치면서 LG는 약점이 없는 야수진을 구축했다. 코치들조차 주목하지 않았던 선수가 정교한 콘택트 능력(타자가 공을 맞히는 능력)을 앞세워 쉬지 않고 출루했고 무수히 많은 도루도 기록했다. 가장 놀라운 점은 수비였는데 빼어난 스피드를 살려 광활한 수비 범위를 뽐냈다. 예전에는 너무 급한 마음에 수비에서 실수를 범했지만 여유와 침착함을 찾고 안타성 타구도 아웃으로 만들었다.

투수진도 그랬다. 있는 자원을 총동원했다. 2군에서 조금이라도 평가가 좋으면 1군에 불러 훈련하는 모습을 봤다. 시즌 중 30명 이상의 투수가 1군 마운드를 밟았다. 6월부터는 백승현도 도약하면서 파워 피처 위주로 불펜진이 바뀌었다.

베테랑도 챙겼다. 명확하게 임무를 부여하고 베테랑이 그 임무를 수행하면 절대적인 신뢰를 보냈다. 김진성은 불펜진 맏형으로서 듬직하게 뒷문을 책임졌다. 허도환, 김민성, 정주현 등도 언뜻 보면 작지만 큰 역할을 했다. 사령탑이 베테랑과 등지는 게 절대 선수단에 이득이 되지 않는다는 것을 염경엽 감독은 잘 알고 있었다.

물론 모든 게 계획대로 되지는 않는다. 2023시즌에 앞서 염경엽 감독이 가장 크게 신경을 쓴 선수는 거포 유망주 이재원이었다. 마무리 캠프부터 이재원이 박병호 같은 홈런왕이 될 수 있다며 전폭적으로 기회를 줄 것을 약속했다.

하지만 부상이 '이재원 프로젝트'를 강제 중단시켰다. 이재원은 캠프 막바지, 시범경기 기간, 그리고 시즌 중에도 한 번씩 부상으로 이탈했다. 어느 때보다 치열하게 비시즌을 보냈고 부상을 당하기 전까지만 해도 고타율을 기록하는 거포의 모습을 보인 이재원이다. 그런데 6월 1군에 돌아왔을 때는 이미 모든 자리가 찼다. 대타 혹은 이따금씩 주어지는 선발 출장으로는 타격감을 유지하기 쉽지 않았다.

과감한 뎁스 활용은 시즌 내내 이어졌다. 2022년 필승조 이정용이 좀처럼 반등하지 못하자 선발 투수 전환을 꾀했다. 김윤식이 6월까지도 WBC 후유증에 벗어나지 못하는 것을 보고 그에게 6월부터 이천 여름 캠프를 지시했다. 이민호 또한 김윤식에 이어 여름 캠프에 임했다. 6월 퓨처스리그 무대를 정복하고 상무에서 전역한 이상영에게도 큰 기대를 걸었다가 길게 미련을 두지 않았다. 상무에서 바꾼 투구 자세가 1군 무대에서 통하지 않는다고 판단해 시간을 두고 투구 자세를 되돌릴 것을 추천했다.

일련의 행동 하나하나가 지금까지 LG 감독과는 많이 달랐다. 5월 극도의 부진에 빠졌던 김현수를 3연전 내내 벤치에 앉힌 것도 그랬다. 팀이 승리하기 위해 시야를 넓히고 모든 것을 시도했다. 감독과 선수 사이에 코치를 두는 게 아닌 선수와 직접 소통했다.

넥센 시절 엄격하고 깐깐한 감독, SK 시절 선수단과 긴 미팅을 소집했던 감독의 이미지를 탈피했다. 억지로 포커페이스를 유지하기보다는 자신의 감정을 더그아웃에서도 모두 표출하기로 했다. 그게 자신도, 그리고 자신을 바라보는 코치와 선수들에게도 더 좋다는 것을 깨달았다. 김현수는 홈런을 칠 때마다 염경엽 감독의 손바닥을 강하게 내려치는 세리머니를 했다.

모든 계획이 들어맞지는 않았지만 절반 이상이 성공했다. 이정용은 선발 투수로 연착륙했고 김윤식도 9월에 돌아와 반등했다. 이상영도 상무에서 잃어버렸던 구속을 되찾았다. 선수와 팀 모두 몇 차례 강한 파도를 맞았지만 무너지지 않고 굳건히 버텼다.

선두를 질주했고 승리 과정 하나하나가 짜릿했다. 꾸준히 역전승을 거두면서 끝날 때까지 끝나지 않는 야구를 했다. 2023 시즌 KBO리그 흥행 중심에 LG가 자리매김했다. 코로나 시대 이후 첫 100만 관중 돌파. 타깃 TV 시청률에서도 최상위권에 LG가 있었다.

# 하루 만에 털어낸 악몽
# '무적 LG'의 진가

　트레이드는 규모가 클수록 '하이 리스크 하이 리턴'이다. 좋은 선수를 데려오려면 그만큼 좋은 카드를 제시해야 하기 때문이다. 2020년부터 부지런히 정상을 바라본 LG는 두려움 없이 트레이드를 진행해왔다.

　2021년 3월 함덕주와 양석환 트레이드, 2021년 7월 서건창과 정찬헌의 트레이드가 그랬다. 핵심 선수를 교환했는데 성공과는 거리가 멀었다. 2022년까지 목표인 우승을 이루지 못한 것은 물론, 서건창은 LG에 온 후 좀처럼 반등하지 못하고 있다. 그래도 함덕주가 2023시즌 부활해 핵심 필승조로 활약한 게 LG가 얻은 소득이었다.

　거기서 멈추지 않았다. 조금이라도 우승 확률을 높일 수 있다면 한 번 더 대형 트레이드를 강행하기로 했다. 6월 27일부터 줄곧 정상을 질주했는데 7월 31일 트레이드 마감일을 그냥 보낼 수 없었다. 뜻하지 않게 7월 22일 키움이 핵심 선수 이정후의 부상 이탈로 올해 목표점이 지워졌다.

차명석 단장은 유일한 약점인 토종 선발진 강화를 바라보고 주사위를 던졌다. 정상급 토종 선발 투수 최원태를 얻기 위해 집중했다. 처음에는 키움이 주전 선수를 원했으나 우승을 노리는 시즌에 전력에 변화를 줄 수는 없었다. 대신 유망주 이주형과 김동규, 2024 신인 드래프트 1라운드 지명권을 키움에 보냈다.

1위로 전반기를 마쳤다. 부정할 수 없는 '우승 적기'다. 29년 만에 페넌트레이스 1위가 눈앞으로 다가오고 있다. 7월 28일 특급 유망주 이주형과 1라운드 지명권을 거래해도 된다는 구단주의 승인이 떨어졌다. 그리고 7월 29일 오전 트레이드를 발표했다. 7월 30일 최원태는 LG 유니폼을 입자마자 두산을 상대로 6이닝 무실점으로 승리 투수가 되었다.

후반기 3연패, 전반기 막바지 2연패로 5연패 위기에 처했던 LG는 빠르게 분위기를 다잡았다. 6월 15승 9패 1무의 상승세가 7월에는 7승 7패로 주춤했으나, 8월 13승 8패로 다시 상승 곡선을 형성했다.

김진성도 투혼을 발휘하며 사실상 1위를 확정 짓는 호투를 펼쳤다. 고우석이 아시안 게임에 출전한 상황에서 불펜진 기둥이 됐다. 9월 27일 잠실에서 열린 KT와 더블헤더 두 경기에 모두 출장해 KT의 역전 기회를 차단하는 홀드를 올렸다. 만 38세 베테랑 투수가 가장 많은 경기에 출전하며 커리어 하이 시즌을 만들었다.

경기 후 그는 "우승 하나만 바라보고 있다. 솔직히 나도 내년에 어떻게 될지 좀 불안하다. 그래도 우승 하나만 보고 있다. LG 팬분들, 우리 LG 선수단 모두가 우승 하나만 보고 있지 않나. 나도 우승만 보고 견디고 있다. 우승만 할 수 있으면 지금 고생하는 것은 괜찮다"고 우승을 향한 불굴의 의지를 전했다.

늘 상대 투수를 메모하며 공부하는 오스틴 딘이 외국인 타자 잔혹사에 마침표를 찍었고, 홍창기는 다시 한번 외야수 골든글러브를 정조준했다.


9월 6일, 2위 KT와 중요한 3연전 두 번째 경기에서 고우석이 무너지고 문보경이 실책성 수비를 범해 악몽 같은 패배를 당했지만, 선수단은 하루 만에 털고 일어났다. 염경엽 감독은 고우석과 문보경을 감싸 안았고, 문보경은 9월 7일 KT를 상대로 안타 3개를 터트렸다. 후반기 가장 중요했던 KT와 수원 3연전을 2승 1패 위닝 시리즈로 장식하며 페넌트레이스 우승을 향한 굵직한 발자국을 찍었다.

예전에는 한 번 상처가 나면 아물 때까지 꽤 긴 시간이 필요
했다. 이제는 아니다. 김현수와 오지환을 중심으로 선수들은
어느 팀보다 단단하게 하나로 뭉쳤다.

# "백지에서 다시 시작" 마운드의 기둥 임찬규

2011년 이제 막 고등학교를 졸업한, 아니 여전히 고등학생으로 보이는 앳된 얼굴의 투수가 기분 좋은 반전을 일으켰다. 롯데 4번 타자 이대호를 상대로 자신 있게 정면승부를 펼쳤고, 자신이 곧 LG의 미래가 될 것을 약속했다. 모두가 당시 LG 신인 투수 임찬규의 성공을 확신했다.

그럴 수밖에 없었다. 늘 당차게 마운드에 올라 두려움 없이 공을 던졌다. 강한 구위와 두둑한 배짱으로 프로 입단과 동시에 필승조 구실을 했다. 시즌 막바지에는 선발 투수로 전향했는데, 많은 이들이 임찬규가 LG의 10년을 책임질 에이스가 될 것으로 내다봤다.

그러나 마냥 순탄치는 않았다. 입단 첫해부터 너무 많은 이

닝을 소화했고 아직 자신만의 뚜렷한 훈련법도 없었다. 2년 차
였던 2012년부터 구속이 뚝 떨어지더니 경찰 야구단에 입단한
2014년에는 팔꿈치 인대접합 수술도 받았다.

군 복무를 마치고 돌아온 2016년부터는 끊임없는 파도였다.
입단 당시 기대에 부응하듯 토종 선발 에이스로 활약했지만 어
느 순간 깊은 부진에 빠졌다. 2018년에는 기교파 투수로 전환
해 처음으로 두 자릿수 승(11승)을 올렸는데 2019년에는 부상으
로 인해 2승에 그쳤다. 매 시즌이 주사위처럼 명확하지 않았다.

모두가 고개 숙였던 2022시즌의 마지막. 임찬규도 참혹한
심정으로 동료들과 시즌을 마쳤다. FA를 앞둔 어느 때보다 중
요한 시즌이었는데 팀도, 자신도 웃지 못했다. 2022년 11월 FA
자격은 얻었지만, 신청하지 않았다. 자신이 마운드 위에서 보
여준 모습에 부끄러움을 느끼며 FA 재수를 선택했다.

그리고 마음을 비웠다. 염경엽 감독과 면담을 통해 백지부터
다시 시작할 것을 다짐했다. 염경엽 감독은 6년 동안 선발진을
지킨 임찬규에게 롱 릴리프 전환을 권유했다. 베테랑 투수로서
받아들이기 힘든 제안을 고민 없이 수락했다.


2023년 2월 애리조나 스프링 캠프에서 임찬규는 "작년은 분
명 실패한 시즌이었다. 그런 시즌을 보내고 FA를 신청할 수 없
었다. 무엇보다 LG에서 아무것도 하지 못한 채 FA를 신청하는

것은 아니라고 봤다. 작년에 내가 못 해서 우리가 우승하지 못했다는 생각도 강하게 들었다. LG에서 조금이라도 좋은 모습 보여드리고 FA를 신청하는 게 맞다"고 FA 재수를 택한 배경을 설명했다.

그러면서 "이제부터 그냥 하얀 도화지에 하나씩 채우겠다. 3월부터 백지에 하나씩 그릴 것이다. '몇 이닝 던지겠다. 몇 승 하겠다'가 아닌 어느 자리가 됐든 차분하게 하나씩 보여드리겠다"고 내려놓음을 강조했다.


임찬규의 머릿속에서는 늘 강속구가 강하게 박혀있었다. 신인 시절 이대호를 압도했던 150㎞ 강속구를 언젠가는 되찾아야 한다고 다짐해 왔다. 혹사와 부상, 수술 후 미흡했던 재활 등 여러 가지 이유로 구속이 줄었지만 포기하지 않았다. 2021년에는 염원을 이루듯 구속이 올라오기도 했다.

그러다가 비로소 머릿속에서 강속구를 지웠다. 염경엽 감독과 면담을 통해 방향을 다시 잡았다. 절정의 체인지업과 커브를 보유한 만큼 이를 극대화하기로 다짐했다. 염경엽 감독도 취재진과 인터뷰에서 임찬규의 체인지업을 극찬했다. 상대 타자를 확실히 제압할 수 있는 무기라며 "임찬규는 강속구를 던지지 못해도 충분히 활약할 수 있는 투수"라고 장담했다.

강속구를 내려놓으니 새로운 길이 열렸다. 시범경기부터 맹활약한 임찬규는 개막 2주 만에 선발진에 복귀했다. 롱 릴리프로서 자신의 임무를 완수한 후 선발진에 구멍이 생기자 바로 구멍을 메웠다.

그리고 커리어 하이 시즌을 만들었다. 김윤식, 이민호, 강효종 등 개막에 앞서 선발 투수로 낙점된 후배들이 부상과 부진으로 이탈해 선발진이 흔들리는 상황에서 임찬규가 기둥이 됐다. 염경엽 감독이 강조한 타자와 몸쪽 승부에 적극적으로 임했고 그러면서 체인지업과 커브의 구종 가치가 상승했다.

2023시즌 LG 선발진에서 가장 꾸준한 활약을 펼치며 입단 당시 모두가 기대했던 에이스로 올라섰다. 9월 23일 잠실 한화전에서는 2012년 10월 이후 약 11년 만에 8이닝 투구를 했다. 누구보다 LG에 입단하기를 원했고, 누구보다 LG 우승을 바라는 그가 드디어 꿈을 이룰 기회 앞에 섰다.

임찬규는 이날 "과거 암흑기 시절부터 나도 그렇고 우리 팀도 그렇고 참 다사다난했다. 그래서 올해가 더 감회가 남다른 것 같다. 힘든 경험도 많았지만, 그런 경험이 쌓이면서 많이 배웠다. 어려운 시절 잘 버틴 덕분에 올해처럼 좋은 결과도 나오는 것 같다"며 지난날을 돌아봤다. 그리고 앞으로 남은 과제에 대한 각오를 다졌다.

"한국시리즈에서는 어느 역할이든 공 하나하나에 최선을 다해 던지겠다. 백지로 돌아가 우리가 우승하는 데 조금이라도 힘을 보태고 싶다. 11월에 팬분들과 뜨거운 눈물을 흘리고 싶다."

"11월 한국시리즈에서
팬분들과
뜨거운 눈물을
흘리고 싶다."

— 2023시즌 LG 선발 투수 임찬규

# 진짜 황금기 시작,
# LG 트윈스 시대가 왔다

9월 14일, 2024 신인 드래프트에서 LG는 총 10명의 선수를 지명했다. 보통 11명을 새 식구로 맞이하는 신인 드래프트인데 LG는 최원태를 얻기 위해 1라운드 지명권을 키움에 넘겼다. 최상위 지명권 없이 드래프트에 참석했지만 그래도 부푼 마음으로 새 얼굴을 선택했다.

그럴 만했다. 현재 LG에서 주축으로 활약하는 선수들 다수가 최상위 지명과 거리가 있다. 김현수, 박해민, 신민재는 육성선수 출신이며, 문성주는 2018 신인 드래프트 마지막 10라운드에서 지명됐다. 홍창기와 문보경도 최상위 라운드에서 지명받은 선수는 아니다.

차명석 단장 부임 후 드래프트에서 스카우트 팀의 의견이 적극 반영됐다. 차명석 단장은 불철주야로 전국을 돌아다니는 스카우트들의 눈이 가장 정확하다고 확신했다. 결과도 좋았다. 정우영, 유영찬 등 예상보다 빠른 순번에서 호명됐다고 평가받았던 지명이 최고의 결과를 낳았다.

LG는 2024 신인 드래프트도 소신을 갖고 지명했다. 현재 팀 색깔에 맞춰 다리가 빠르고 운동 신경이 뛰어난 선수를 집중적으로 선택했다. 2라운드에서 5툴 외야수 김현종, 3라운드에서도 다재다능한 내야수 손용준을 호명했다. 4라운드에서 지명한 우투수 진우영까지 모두 현재 LG 팀 색깔과 맞닿아 있는 선수들이었다. 글로벌 선진학교를 졸업하고 미국 무대에 섰던 진우영은 염경엽 감독이 강조하는 결정구를 지닌 투수다.

그만큼 현재 팀 색깔에 대한 확신이 있었다. 팀이 선두를 질주하고 있는 것은 물론, 앞으로 LG의 야구가 더 밝게 빛날 것으로 바라봤다. 메이저리그에 불어온 야구 혁명이 KBO리그에서도 고스란히 이어지는 점을 고려하면 더 그랬다.

메이저리그는 2023시즌부터 수많은 규정을 새롭게 채택했다. 피치 클락Pitch-Clook으로 투수의 투구 시간을 제한했다. 보다 적극적인 주루 플레이를 유도하기 위해 투수의 견제도 제한했고 베이스 크기를 확장했다. 그 결과 도루 성공률이 올라갔고 성공률이 올라가자 도루 수가 부쩍 늘었다. 2023년 리그 도루 3,503개. 지난 100년 중 두 번째로 도루가 많은 시즌이 됐다. 발 빠른 선수가 주목받는 도루의 시대가 도래했다.

KBO도 메이저리그의 변화를 수용할 것을 발표했다. 그런데 LG는 일찍이 이를 내다보고 실행에 옮겼다. 3월부터 이천에 피치 클락을 설치해 투수들이 미리 적응하도록 유도했다. 염경엽 감독은 2021년 미국 연수를 하면서 마이너리그에서 시행된 피치 클락과 견제 제한, 베이스 크기 확장을 경험했다.

성공만큼 실패도 많은 LG의 주루 플레이가 규정 변화와 맞물리면 성공률은 자연스럽게 올라간다. 2024 신인 드래프트에서 지명한 빠른 선수들의 1군 진입 기회도 활짝 열릴 것이다. 단순히 잘 치고 잘 던지는 팀을 넘어 늘 박진감 넘치는 팀, 다양한 방법으로 점수를 뽑고 승리하는 팀이 되는 LG다. 1990년대 황금기보다 더 화려하고 강렬한 새로운 황금기, LG 트윈스의 시대가 열리고 있다.

신인 드래프트 후 1군 선수단은 부지런히 승리를 쌓았다. 9월 중순 2위 KT와 간격이 6경기 이상으로 벌어졌다. 정규 시즌 막바지가 되자 상대 팀이 먼저 백기를 들었다. 1위 LG를 무리해서 추격하기보다는 순위 경쟁팀과의 경기에 집중했다. LG와 맞붙는 팀들은 에이스보다는 5선발 혹은 신예 투수를 선발 등판시켰다.

  참 오래 걸렸다. 1994년 이후 28년의 세월을 지나 대업을 이뤘다. 시즌 막바지만 되면 차갑게 식었던 타격은 끝까지 불을 뿜었고 전반기 고전했던 켈리는 에이스로 돌아왔다. 주축 타자들 다수가 건강하게 시즌을 완주한 가운데 홍창기는 MVP 후보로 거론됐다. 롯데, 한화, KT, 두산, KIA 등이 한 번 이상 기세를 타고 무섭게 질주했지만 가장 꾸준한 팀은 LG였다.

  끝날 것 같지 않았던 여름이 지나 가을이 왔고, LG 팬들은 염원의 상징인 유광 점퍼를 입고 잠실구장에 집결했다. LG 선수단과 프런트 그리고 팬들의 꿈인 정규 시즌 우승을 이뤘다. 그리고 마침내 한국시리즈 무대에 오른다.

★ 시즌 전적 82승 51패 2무 | 승률 0.617 | 정규 시즌 1위

★ 전반기 49승 30패 2무　　　　　★ 후반기 33승 21패

★ 팀 타율 0.281(1위)　　　　　　★ 팀 OPS 0.761(1위)

★ 팀 평균 자책점 3.67(2위)　　　★ 선발 평균 자책점 3.93(5위)

★ 중간 평균 자책점 3.42(1위)

★ 주요 선수 홍창기(WAR 6.15), 오스틴(WAR 4.73), 문보경(WAR 4.25),

　　오지환(WAR 3.99), 플럿코(WAR 3.84), 문성주(WAR 3.63), 박동원(WAR 3.03),

　　김진성(WAR 2.76), 함덕주(WAR 2.62), 박해민(WAR 2.55)

# 승리의 함성을 다 같이 외쳐라

제1판 1쇄 발행  2023년 10월 24일
제1판 4쇄 발행  2023년 10월 27일


**지은이**     윤세호
**펴낸이**     나영광
**펴낸곳**     크레타
**출판등록**    제2020-000064호
**편집장**     정고은
**책임편집**    김영미
**편집**      김나연
**디자인**     박은정
**사진 출처**    LG 트윈스

**주소**      서울시 서대문구 홍제천로6길 32 2층
**전자우편**    creta0521@naver.com
**전화**      02-338-1849
**팩스**      02-6280-1849
**포스트**     post.naver.com/creta0521
**인스타그램**   @creta0521
**ISBN**     979-11-92742-17-5  03810